クトゥルー・ミュトス・ファイルズ
The Cthulhu Mythos Files

戦艦大和VS邪神戦艦大和

林 譲治

創土社

目次

プロローグ　空母赤城の最期

昭和一七（一九四二）年六月四日〇八二〇《マルハチニイマル》（八時二〇分）。ミッドウェー島を巡る航空戦は、いささか当初の予想とは異なる様相を呈していた。

その最大のものは、本来なら鎧袖一触《がいしゅういっしょく》であったはずのミッドウェー島の航空隊が、予想以上に強化され、頑強な抵抗をしていることだった。

その島を死守するという強い意志は、「惰弱《だじゃく》な米兵」という日本軍の認識を覆《くつがえ》すものと言っても良かった。

たとえば戦力としては、何等《なんら》の脅威《きょうい》とはならなかったものの、飛行艇に魚雷をロープで縛り付け、雷撃を仕掛けてくるような機体さえあったほどだ。

それを愚行と笑うのは容易《たやす》い。しかし、非力《ひりき》な飛行艇で、そこまでの攻撃を仕掛けてくる相手を嗤《わら》うことはできない。

それに魚雷をくくりつけた飛行艇も、まったく無駄な存在というわけでもなかった。命中率は低いとは言え、雷装した敵機が接近するなら、撃墜しなければならない。

そのために他の攻撃機に向けられるはずの戦力が減殺されるのだ。

飛行艇でさえそうである。だから本来の攻撃機の働きも尋常ではない。いまも三機のB17爆撃機が、ミッドウェー島から出撃し、空母赤城《あかぎ》に爆撃を仕掛けたところである。

その爆撃は、空母赤城の卓越した回避行動で、全弾が外れていた。

B17 爆撃機

ただ、こうした死闘の中でも、飛行甲板上の発着機部員達は、爆撃機の存在さえ視界の中には無かった。

ミッドウェー島の基地航空隊が予想以上に頑強だったこと。それが最初の番狂わせだった。

〇七〇〇に攻撃隊指揮官は、第二次攻撃の要ありと打電してきた。この時点で空母赤城と加賀の攻撃機は敵艦隊の接近に即応できるよう、雷装[*1]で待機していたが、敵艦隊発見の報告は無く、第二次攻撃のために艦上攻撃機を雷装から爆装[*2]への転換作業を開始する。

ところが〇七四〇になり、重巡洋艦利根《とね》の索敵機が、「敵艦隊発見」を報じてきた。

「敵艦隊に空母は含まれるのか？」

もっとも重要なこの情報が不明のまま、作業

＊1　航空機に魚雷を搭載する。

＊2　航空機に爆弾を搭載する。

は中断を余儀なくされる。

とは言え、この中断も決断力の欠如《けつじょ》が生んだ中断でもあった。

ミッドウェー島の航空隊を撃破するのが最優先事項であることと、爆装でも空母の飛行甲板を使用不能にすることには意味があるからと、爆装作業継続を主張する参謀もいたからだ。

雷装か爆装か、指揮官が決断すれば中断はない。だが決断できない指揮官では、時間だけが無為に過ぎゆく。

Ｂ17爆撃機隊の攻撃を回避した〇八三〇になり、利根の偵察機からの敵空母発見の報告を旗艦赤城で南雲忠一《なぐもちゅういち》司令長官は受けることになる。

ここでようやく南雲司令長官は、全艦に対して対艦攻撃準備を命じた。

飛行甲板は、雷装を爆装し、再び雷装の命令で大混乱に陥る。中断した五〇分が有効に活用できたなら、こんな混乱は起きなかっただろう。

飛行空母の混乱は兵装転換のためだけではなかった。空母赤城をはじめとして、第一航空艦隊は〇八三八から、第一次攻撃隊の収容作業にかからねばならなかった。

第二次攻撃隊よりも、第一次攻撃隊の収容が優先されるため、兵装転換作業はさらに遅れることになる。

「そんなことは後回しだ！　はやく収容しろ！」

空母赤城の飛行甲板の上では怒声が飛び交う。ともかく、着艦させて格納庫に押し込める。他の作業は後でいい。戦争の最中であるから当たり前ながら、飛行甲板の上は、まさに戦場のよ

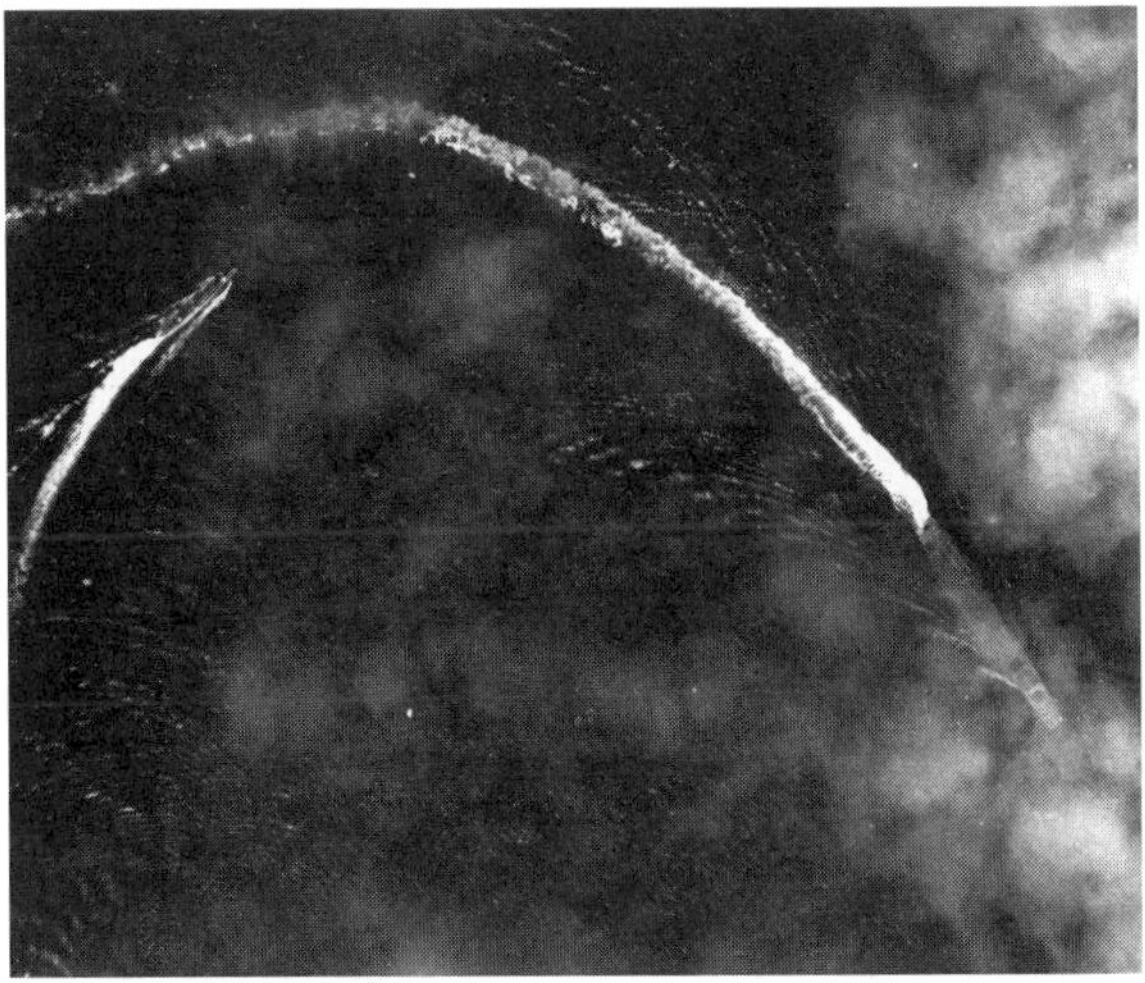

B-17爆撃機の攻撃を受け、回避行動中の空母赤城。

うな慌ただしさであった。

こうした尋常ではない作業遂行により、〇八五九には、収容作業は終了し、再び兵装転換が始まった。

ここから一時間半弱の一〇二六まで、ミッドウェー島の航空隊や敵空母部隊など、じつに三度の攻撃を受け、回避行動や零戦隊の働きで、それらの攻撃をはねのけていた。

第一航空艦隊（一航艦）にとって、これははじめての経験であった。彼らは常に攻撃する側であり、今のような防戦一方のことなどなかった。

防戦するとしても、それは反撃のための防戦のようなもの。敵の攻撃を三度も受けるようなことはなく、敵艦隊は壊滅するのが常であったからだ。

ＳＢＤ急降下爆撃機

だから一航艦司令部に具眼《ぐがん》の士《し》がいたならば、ここまで執拗《しつよう》に反撃する敵軍の存在に従来とは異なる何かを感じたことだろう。

ただ、それを感じたとしても、すでに賽《さい》は投げられている。はじまった戦闘は終わるまで続けなければならないのだ。

じっさい攻撃は過去に例のないものだった。一〇二二には、ＳＢＤ急降下爆撃機をはじめとする敵攻撃隊が殺到していた。

そして空母加賀《かが》は、この時、四発の命中弾を浴びてしまう。

加賀も赤城同様に、発艦準備中であり、飛行甲板には燃料を満載した機体がならび、爆弾や魚雷が並んでいた。

爆弾はそのただ中に投下された。飛行甲板は、一瞬にして火の海になる。機体の燃料に引火し、爆弾は誘爆を起こし、加賀全体が燃えているようだった。

そうして一〇二六。警護の零戦の奮戦により、三次にわたる敵機の攻撃を阻止してきた一航艦であったが、さすがに完璧な防衛は無理であった。

空母加賀が攻撃され、さらに空母赤城も爆弾の直撃を受けた。それは空母エンタープライズの三機のSBD急降下爆撃機によるものだった。

攻撃を仕掛けてきたのは三機、ただし命中弾は一発だけに終わる。

この時、飛行甲板で発艦準備に当たっていた発着機部員達は、そのSBD急降下爆撃機の動きを目で追っていた。

いままでも何機もやって来て、爆弾を投下していたが、一つとして命中しなかった。だから勘のいい人間なら、投下された瞬間に爆弾の軌跡が予想できた。

そんな発着機部員の中には、そのSBD急降下爆撃機が投下した爆弾が、自分達に向かってくるような軌跡を見ることができたという。

ただ「命中する！」と、それがわかっても、人間は咄嗟には動けない。だから何も対処できない。またその時間もない。

爆弾は予想通り命中した。人によっては、自分を殺したものが何か、はっきりと目に焼き付けたまま亡くなった。

それでも加賀の被害に比べれば、赤城が受けた損傷は限定的と思われた。

なるほど火災は生じたが、命中弾は一発だ。飛行甲板の火災はすぐに鎮火できるとその時は思われた。

だが爆撃で四散した機体の燃料は、そのまま燃え広がり、エレベーターから格納庫へと流れていった。

その燃料は、格納庫内で発艦作業中の機体に引火、爆発し、火災は一気に格納庫内、つまりは空母赤城の艦内に燃え広がった。

日本海軍にとって、その大火災は前例の無いものであり、それ故に予想外の事態が次々と起こった。

一つは艦内電路の電線の被覆が燃えやすく、それにより火災が拡大するという事だった。

日露戦争の頃と比べ、いまの軍艦は電話や無線機さらには各種機構を作動させるために縦横無尽に電線が走っている。

むろん軍艦の設計では、電路を二重にするなど、被弾時にも被害を限局化する方策は採られていた。

しかし、それでも電線の被覆《ひふく》が燃えるようなことは考えられておらず、この延焼経路の発見を遅らせることとなる。

電線の延焼は、消火設備の電力消失も促し、さらには艦内通信も途絶する。空母のような巨大な軍艦では、電話などの艦内通信が麻痺することは、消火活動のみならず、旗艦としての指揮通信の上でも深刻な問題となった。

しかし、火災を深刻にしたのは、それだけではなかった。艦内の塗料が燃えはじめたのだ。

塗料が燃えたことで、艦内の交通も不能になる。消火作業さえもできなかった。

こうして一〇四六には、南雲司令長官は将旗を空母赤城から軽巡洋艦長良《ながら》に移さざるを得なくなった。

消火作業はそれでも続けられたが、一一三〇には負傷者や搭乗員が駆逐艦に移送され、最終的に一九一五には自力航行の見込みなしと判断される。

ほぼ同時刻に、最後の可能性を信じて、一度は脱出していた乗員等が復旧のために乗り込んでいた空母加賀は大爆発を起こして沈没する。

空母赤城の雷撃に関しては、連合艦隊内部でも激論を呼んだが、最終的に南雲司令長官の決断で、雷撃処分が為される。

第一航空艦隊は、こうして第一航空戦隊の空母二隻を失い、残る第二航空戦隊のみで、ミッドウェー島攻略作戦は続行されるのであった。

一章　空母ヨークタウン

「対空戦闘はじめ！」

軽巡洋艦長良の和田真一砲術長は、半泣きになりながら、対空戦闘指揮を執《と》っていた。上空には、何十機もの敵機がいる。

それらは零戦隊により撃退されていたが、一方で、水上艦艇の対空火器はほとんど無力だった。

何より火器の数が少ない。軽巡洋艦長良にしても、高角砲が二門に若干の機銃、それが対空兵装のすべてだ。

和田砲術長は、その対空火器の非力さに、そしてそれが己の非力さと重なる。自分達が懸命に闘っていることに嘘はない。

しかし、努力だけでは結果は出ない。物を言うのは火砲の質と量だ。それが軽巡には決定的に足りない。

水雷戦隊旗艦としての軽巡洋艦長良は水雷兵装こそ重厚だが、対照的に対空火器は貧弱だった。

和田砲術長がこうまで真剣になるのは他でもない。いま軽巡洋艦長良は一航艦の旗艦である。南雲司令長官が乗っているのが長良なのだ。

だからこの船が沈んでしまえば、一航艦は甚大な被害を被ることになる。

和田砲術長は、よほど軽巡の主砲を撃とうかと思った。平射しかできないが、牽制《けんせい》にはなるのではないか。

そんなことまで考えながら、和田砲術長はただ指揮官として声をあげることができるだけだった。高角砲二門では、二門以上の働きはできないのだ。

そうして敵航空隊は去って行く。

「陸戦隊の装備に軽機があったな。あれを持ってこい」

彼は砲術士に命じる。

「軽機なんかどうするんですか？」

「軽機も機関銃には違いない。対空火器を増やすんだ」

「はぁ……」

砲術士は、あきらかにその案には乗り気ではないようだった。自分で命令しておきながら、和田砲術長にはその理由がわかる。

高角砲でも効果が薄いのに、軽機関銃を撃ってどうなるのか？　確かにそうだ。和田砲術長もすぐにその命令は取り消した。

とりあえずは収容した空母加賀や赤城の乗員達の手当や、高角砲の整備くらいしかやれることはない。

そして和田砲術長は気がついた。敵機が来ない。ミッドウェー島からも、敵空母からも敵機が来ないのだ。

「何があったのだ……」


昭和一七（一九四二）年六月四日。第六艦隊第五潜水戦隊の伊号第一六六潜水艦は、作戦の中で半ば忘れ去られた存在であった。

「通信長、命令はないか？」

「ありません」

新任少尉の通信長は、田中万喜夫《まきお》潜水艦長の苛立《いらだ》った口調に、動揺していた。田中潜水艦長も、これから潜水艦を体験するという新任少尉を怯えさせるつもりは毛頭ない。

ただ状況に対する苛立ちが出てしまっただけだ。それは田中潜水艦長だけでなく、伊号第一六六潜水艦の幹部たち全員の苛立ちでもあった。

「作戦はもうはじまっているのか?」

発令所の時計を眺めながら、田中潜水艦長は呟《つぶや》く。

彼らが苛立つのは他でもない。伊号第一六六潜水艦は、命令された作戦の配置にまだついていないのだ。

ただ、それは田中潜水艦長らの責任とばかりは言い難かった。

ミッドウェー作戦を実行するにあたり、連合艦隊司令部は、緻密な作戦を立案したが、それは緻密《ちみつ》すぎて、現場の実状を無視したものだった。

そもそも連合艦隊には、潜水艦部隊を統括する第六艦隊が含まれてはいたものの、艦隊司令部に潜水艦の専門家はいない。

日本海軍は潜水艦を重視し、対米迎撃の三本柱の一つといいながらも、艦隊司令部にも軍令部作戦課にも潜水艦の専門家がいなかった。

そのせいだろう。ミッドウェー作戦にあたり、連合艦隊司令部はハワイとミッドウェー島の間に甲乙二つの哨戒線《しょうかい》を設定し、第一、第三、第五潜水戦隊の十数隻の潜水艦に配置に就くよう命令した。

配置に就く期日はNマイナス五日、つまり一航艦の爆撃開始の五日前だ。しかし、この命令は現実を無視した命令だった。

恐らく、海図を一瞥《いちべつ》した作戦参謀が距離を最大速力で割り算して、実現可能とでも考えたのだろう。

しかし、どんな軍艦でも最大速力で走り続けられるものではない。それを行えば燃料消費量が急増するからだ。長期作戦活動が可能な伊号潜水艦だからこそ、巡航速度が大事になる。

さらに別の作戦活動で整備が必要なもの、燃料、食料の補給が必要な艦もある。そうしたことは、潜水艦の何たるかを知らない、赤レンガの作戦参謀の眼中にはない。


そもそも作戦の発令には、あまりにも時間的な余裕がない。だから歯車が一つ狂うなら、それは全体に波及しかねない脆さがある。

伊号第一六六潜水艦も機関部の不調から、本格的な整備が必要と上に報告しているのに、それへの手配はなく、戦闘序列を言い渡されたのである。

そんなことを言われても、巡航速力しか出せない状況では、配置に間に合うはずもない。しかも、連合艦隊司令部は、自分達の位置を正確に把握できていない節があった。

第六艦隊司令部には定時報告は行っているはずなので、不一致の理由はそこと連合艦隊司令部との連絡の悪さか。あるいは「作戦を実行すると」という希望だけが先走り、現実をそれに合わせようとしたのか？

　じっさいNマイナス五日に哨戒線の配置に就けた潜水艦は一隻のみだった。他の潜水艦が配置に就けたのは、六月二日もしくは三日である。結局のところ、しわ寄せは常に現場に来る。

　困ったことに、この遅れが致命的なものか、そうでないものか、それがわからない。つまり真珠湾の敵空母がミッドウェー島に向かったのか、向かっていないのかがわからない。

　いまのところ甲乙両哨戒線で敵空母は発見されていない。真珠湾から空母が出ていないなら、発見されなくても不思議はない。

　しかし、自分達が配置に就く前に敵空母部隊が通過したなら、一航艦は敵空母の存在を知らず、自分達は無為に哨戒線に就くという状態になる。

　しかも伊号第一六六潜水艦は、その哨戒線にすら就いていないのだ。

「北西方向に敵艦らしきもの見ゆ！」

　見張り員の報告は、まさにそんな時に飛び込んで来た。田中万喜夫潜水艦長は急ぎ、司令塔の艦橋に駆け上がる。

「あれです」

　哨戒直に就いていたのは、樋口信夫航海長だった。彼が示す方角には、確かに大型軍艦らしき艦影がある。

「空母でしょうか？」

「わからんが、友軍部隊でないのは間違いない」

　田中潜水艦長は、哨戒長である樋口航海長から指揮権を戻すと、自ら陣頭指揮に立つ。

天候の関係か、現在の距離では大型軍艦である以上のことはわからない。空母ではなく戦艦の可能性さえある。

田中潜水艦長は、すぐに追跡にかかり、このことを報告する。しかし、通信長からは無線機の不調を報告された。

より詳しい話を実務を仕切っている掌《しょう》通信長に確認すると、無線機の問題ではなく気象か何か、電波状態のためらしい。

だから外部の無線通信も傍《ぼう》受《じゅ》出来ないのだということ。無線通信が上手くいかないというのは面白くない状況だが、通信機の問題ではなく海象《かいしょう》気象の問題では文句も言えない。

潜水艦である。ここは潜航中と思って我慢するよりない。それよりも相手が敵空母なら、どうやって仕留めるか。それを考えねばならぬ。

しかし、問題の敵艦との距離はなかなか縮まらない。機関の不調で巡航速力程度までしか出せないためだ。

それでも少しずつは距離は狭まっている。そうしてどうやらそれは空母ではなく、戦艦であることがわかってくる。

「砲塔三基、煙突《えんとつ》一……最新鋭のサウスダコタ級戦艦です。煙突二基ならノースカロライナ級ですが……」

伝声管から発令所の返答が来た。米海軍は空母のみならず、最新鋭の戦艦をミッドウェー島の防衛に投入してきたらしい。

ただ就役《しゅうえき》したばかりのサウスダコタ級戦艦を投入するというのは、錬成期間を考えると不自然にも思える。

だから発令所でも煙突二基ならノースカロライナ級と付言してきたのだろう。しかし、はっきりと戦艦の形状を確認できないものの、シルエットとしては煙突は一つ。

最新鋭のサウスダコタ級の性能は不明だが、ノースカロライナ級以上の高速が出せると聞いている。

空母部隊と行動を共にできる軍艦であるなら、新鋭戦艦の投入こそ、近くに敵空母部隊が存在する事を意味する。

だとすると、無線が使えないことはかなり痛い。一航艦がこのことを知ったなら、さっさと始末をつけるだろうからだ。

反面、田中潜水艦長はこの状況を楽しんでもいた。あの戦艦を追跡すれば、敵空母と遭遇できるはずだ。

ならばそれを自分達が攻撃して悪いはずはあるまい。一航艦と一戦交えようと敵が本気で考えているとしたら、空母一隻などという事はあるまい。

二隻あるいは三隻はいるかもしれない。大物を仕留めるなら、戦艦を含め、獲物を選ぶのに苦労するほどだ。

「何なんだ、この天候は……」

田中潜水艦長は、敵戦艦を追跡しながら、空の様子に不気味なものを感じていた。戦艦を中心に傘を広げるように、雲が広がっている。

スコールが襲っているということではない。戦艦を中心とした半球状の空間だけが、靄《もや》に覆われている。それでいて戦艦の存在だけはわかる。

太陽光は遮《さえぎ》られ、そこは暗くて然《しか》るべきなのに、その空間は光源がわからないまま、不思議に明るい。

そして戦艦に接近すればするほど、気がつけば伊号第一六六潜水艦も、その半球状の空間に閉じ込められていた。

閉じ込められていたと言っても、艦を反転させれば、ここから離れる事は容易だ。別に舵輪《だりん》を奪われているわけではない。

ただ田中潜水艦長も他の乗員達も、魅入《みい》られたように戦艦を追尾していた。追跡を諦《あきら》めるなど、可能性としてさえ、彼らの脳裏にはない。

「あれか！」

敵戦艦がようやく邂逅《かいこう》地点に到達したのだろうか。靄の向こうにヨークタウン級空母の姿が見えた。

「レーダーも通信設備も使用不能だと⁉」

第一七機動部隊の指揮官であるフランク・J・フレッチャー少将は、通信科やレーダー室からの報告に困惑していた。

装置のトラブルではないというのだが、レーダーも無線通信も一切使用不能だというのである。

「原因は不明ですが、何等かの海象気象の変動によるものと思われます」

兵器担当将校は、そう報告してくるのだが、

空母ヨークタウン

それはフレッチャー長官には深刻な問題であった。

米空母部隊は空母ヨークタウンを擁する第一七任務部隊と空母エンタープライズと空母ホーネットを擁する第一六任務部隊の計三隻の空母で編成されていた。

フレッチャー長官の第一七任務部隊は空母ヨークタウンと艦載航空隊の第五群の他に、重巡洋艦アストリアとポートランドの第二群、駆逐艦ハマン、ヒューズ、モーリス、アンダーソン、ラッセルの五隻による第四群より成り立っていた。

あくまでも主力はレイモンド・スプルーアンス長官の第一六任務部隊である。そもそも空母ヨークタウン自体が、珊瑚海《さんごかい》海戦で受けた損傷を応急修理により、完全ではないものの、空母戦力として使えるまでに仕上げた状況だった。

なので、第一六任務部隊と第一七任務部隊は、それほど離れた海域にいるわけではないものの、実質的に別行動をとっていた。

ミッドウェー島防衛作戦のことを考えるなら、重要なのは艦載機であり、飛行隊が集中運用できるなら、空母が別行動でも問題は無いと思われた。

フランク・J・フレッチャー

しかし、それもこれも無線装置が使えたらの話だ。レーダーも無線機も使えないとなれば、作戦実行は非常に面倒になる。
この時、空母ヨークタウンには、第三戦闘機中隊のF4F戦闘機が二五機、第三爆撃中隊と第五哨戒中隊のSBD急降下爆撃機がそれぞれ一八機と一九機の計三七機、さらに第三雷撃中隊のTBD雷撃機が一三機という、七五機の戦力を有していた。
空母ヨークタウンは、第一六任務部隊に対して予備選力という位置づけであったが、命令があれば即応できる準備は整えていた。
だが肝心の無線装置が使えないのでは、発艦

＊1　空母の艦橋を収めた建物

のタイミングも、どこに向かうべきなのかもわからない。

むろんミッドウェー島に向かえば、日本海軍航空隊と遭遇するだろうし、島を防衛するなり、敵空母の所在を確認するなりできるだろう。

それでも軍隊である以上は、命令で動くのが原則だ。だからこれ以上の通信途絶が続けば、フレッチャー長官も自身の判断で決断することを迫られる。

指揮官であるからには、それの覚悟はできている。しかし、このミッドウェー島防衛は、敵より劣勢の戦力で島を守り、空母の安全を図るという難しい条件をクリアしなければならない。

それには三隻の空母の密接な連携が不可欠であるが、無線通信ができないならば、その前提条件が崩れてしまう。

天象気象による無線通信の途絶。フレッチャー長官は、空母のアイランド[＊1]から視線を海に向けたとき、その現象がわかったような気がした。

「何なのだ、あれは？」

それは突然視界の中に入ってきた。レーダーが使えないことを考えれば、突然現れたのは不思議ではないのかもしれない。

それでもその現れ方は、突然であることは否めない。

最初の印象は巨大なマッシュルームだ。ドーム状の雲が接近してくる。海軍軍人としての経歴を積んできたつもりのフレッチャー長官も、こんな雲ははじめて見た。

しかし、雲への違和感の理由はすぐにわかった。雲にしてはそれは高度が低い。そして幅も数キロというところか。

傘を広げるような、という表現が適切というか、まさに傘を広げているように見える。

ドームは雲というより霧である。それは上の方が厚く濃く、海面付近は薄い。だから雲の下の海面は朧気《おぼろげ》ながらも見えた。

そしてフレッチャー長官は、その雲の中心に巨大な船影を見た。

「軍艦か？」

フレッチャー長官は双眼鏡を向ける。ただ相手との距離感が掴《つか》めない。二キロ先にあるようにも見えるし、二〇キロ先にいるようにも見える。

蜃気楼《しんきろう》か何かと同様な現象ではないかと自分に言い聞かせてもみるが、そうでないことは自分自身が一番わかっている。

双眼鏡の焦点は、明瞭にピントが定まったかと思うと、すぐにぼやけた。霧のせいかとも思ってみるが、それだけでもないようだ。ただし理由はわからない。

「何っ！」

最初、フレッチャー長官は、その戦艦を最新の戦艦サウスダコタかと思った。三連砲塔三基で煙突一基はそれしかない。

ただフレッチャー長官自身は、サウスダコタの実物を見たことはない。なぜならそれは大西洋艦隊の所属であるからだ。

ミッドウェー作戦のために、急遽《きゅうきょ》、大西洋艦隊から太平洋艦隊に編入が決まったのかもしれないが、そんな話は聞いていない。

無線が通じないこの数時間の間に、トントン拍子《びょうし》に話が進むなどということもまずあり得ないだろう。

しかし、フレッチャー長官を当惑させたのは、その艦の表面だ。人の姿は見えない。甲板には激しい対空戦闘を思わせる薬莢《やっきょう》が散乱し、さらには、負傷者がいたのか、艦のあちこちに鮮血の跡が残っている。

ミッドウェー島周辺で激戦が行われているのは間違いなく、それが空母戦であれば、水上艦艇が激しい対空戦闘を行ったとしても不思議はない。

ただ、あの戦艦はどこのものか？　見れば見るほどサウスダコタ級とは違うような気がする。

しかし、日本海軍にはこんな戦艦があるなどという話も聞いていない。

日本海軍が新型戦艦を建造しているとも言われているが、それは長門《ながと》型戦艦の改造で、連装砲塔五基ではないかというのが米海軍の分析だ。

目の前の三連砲塔三基ではない。

サウスダコタにせよ、日本の戦艦にせよ、どちらにしても、それらは就役したばかりのはず。

しかし、この戦艦は、それなりの期間、戦場にあった姿を晒《さら》している。

「幽霊船……」

そんな馬鹿げたことを呟いてしまった自分に、フレッチャー長官は驚く。それが目の前の戦艦に対して、一番しっくりくる表現だ。

ただそれはあるまい。幽霊船と言うからには、沈没している必要がある。サウスダコタにせよ日本の新戦艦にせよ、それらはまだ沈んでいない。実戦にさえ出ていない。

本当にあの戦艦は実在するのか？　何か悪霊《あくりょう》にたぶらかされている――そう言われる方がずっとしっくりくる。

「第三爆撃中隊、発艦準備。必要ならあの艦を攻撃する」

フレッチャー長官はそう命じる。すでに空母ヨークタウンのエリオット・バックマスター艦長が、信号灯で誰何《すいか》しているが、戦艦からは反応がない。

無人なのか、無視しているのか、それがわからない。本来なら相手側の艦橋の様子がここから見えるはずもない。

駆逐艦も巡洋艦も空母ヨークタウンを囲むような位置に就いている。戦艦の登場があまりにも突然で、対応する余裕がなかったことと、何より、これが敵なのか味方なのかがわからない。

フレッチャー長官も航空隊以外には攻撃準備を命じない。相手が戦艦なら砲火力では太刀打《たちう》ちできない。

駆逐艦の魚雷を使う手もあるが、まだその段階ではないだろう。

何ともわからない状況は、ドームの中の霧が動いたことで終わりを告げた。艦橋周辺の霧が晴れ、軍旗が明らかになる。それは日本海軍の所属であり、連合艦隊の軍艦であることを示している。

だが戦艦は相変わらず近いのか遠いのかが判然としない位置関係を維持している。フレッチャー長官はすぐに爆撃隊に攻撃を命じた。同時に駆逐艦にも雷撃を下命する。

第一七任務部隊が行動を開始したことを、敵戦艦は理解しているはずだった。攻撃機は発艦し、駆逐艦は迫っているのだから。

じっさいに出撃した爆撃機は、第一陣が一〇機のSBD急降下爆撃機だった。すぐに駆逐艦が戦艦の対空火器を牽制するために砲撃を始める。

だが駆逐艦の砲弾は、ことごとく命中しない。どれも戦艦の手前に弾着し、意味もなく水柱を作る。

しかし、駆逐艦の砲弾が作る水柱は、概《おおむ》ね同じ領域に弾着していた。錨頭《びょうとう》は正しいが、測距《そっきょ》がおかしい。

駆逐艦は敵戦艦に向かっているのに、距離が定まらない。そうした中で、SBD急降下爆撃機隊は、ドーム状の雲の中に突入していった。

SBD急降下爆撃機隊の搭乗員たちは、ドームに突撃する時点で違和感に襲われていた。

ドームの距離が定まらない。突撃をかけたつもりが、ドームはまだ先にあった。それでも彼らは、強引にドームの中に突っ込んでいった。

空母からは、戦艦はすぐ近くに見えた。しかし、ドームに入ってみると、再び遠近感が狂う。ドームの直径はせいぜい二キロ前後にしか見えなかったのに、ドームの中で彼らと戦艦の距離は一〇キロはあるように見えた。

しかも、ドームの中の空間は静寂《せいじゃく》に満ちていた。霧さえもない。巨大なガラスのドームの表面に霧を張り付けたかのようだ。外からは戦艦は霧の中に見えるが、それを通過すれば、静かな空間がある。

ＳＢＤ急降下爆撃機隊の面々は、この予想外の空間に、はっきりと恐怖を感じた。そして彼らはその恐怖から逃れるために、戦闘を開始する。

急降下爆撃を行うために、彼らは上昇し、下降する。戦艦は確かに航行している。戦艦の作る波が鏡のような水面に幾何学的な図形を描く。

戦艦は生きている。生きているはずなのに対空火器は沈黙していた。ただその砲塔だけは旋《せん》回《かい》し、明らかに空母ヨークタウンを狙っている。

それが引き金となった。ＳＢＤ急降下爆撃機隊は、そこで一気に攻撃に入った。一〇発の爆弾が、次々と戦艦に向けて投下される。

爆弾は、半数は外れたが、半数は命中した。五発の爆弾が戦艦の上で爆発する。

爆弾の爆発による煙が、一瞬、戦艦の姿を隠す。しかし、それだけだった。煙が消えたとき、そこには前と変わらない戦艦の姿がある。

爆弾が通用しない。いかに相手が戦艦であったにせよ、あのように何ごともなかったかのように戦艦が航行するなどあり得ない。

だが、それは起こり、現実だった。そして三基九門の主砲が火を噴いた。

それは恐るべき砲声であった。気がつけば、一〇機のＳＢＤ急降下爆撃機は、戦艦と指呼《しこ》の距離にいた。リベットの頭が見えるほどの至近距離に。

そこで主砲が発射された。九門の主砲発射の砲口圧は尋常ではなかった。主砲弾が放たれた刹那《せつな》、その巨大な衝撃波は、至近距離にいた一〇機のSBD急降下爆撃機を粉々に破壊する。

搭乗員たちは、どうして上甲板に誰も出ていないのか、いまその理由を理解した。砲撃に伴う砲口圧が、甲板の人間をその衝撃波で叩きつぶしてしまうからだ。

「これが日本の新型戦艦なのか！」

しかし、彼らにはその正体はわからなかった。

爆弾の半分が外れた。その程度の事は、フレッチャー長官には想定内のことだった。急降下爆撃機の命中率などそれくらいのものだろう。

想定外だったのは、それでも五発が命中したにもかかわらず、戦艦が無傷であったことだ。

戦艦が爆弾五発で沈めないとしても、火災の一つも起こるはずではないか。しかし、それすらもない。戦艦は無傷だ。

そして戦艦は自分達を、この空母ヨークタウンを砲撃しようとしている。

「駆逐艦、何をしてる！」

指呼の距離である。駆逐艦はとうの昔に戦艦に肉迫しているはずだった。だが、どういうわけか駆逐艦は霧のドームの中に入ることも出来ていない。駆逐艦が幾ら進んでも、ドームが後退しているかのようだ。

ただ戦艦の見かけは変わらず、むしろ近づいているようにさえ見える。何かおかしな事が起きているのはわかるが、それが何かわからない。

そうしている内に戦艦は発砲した。九門の主砲から放たれた砲弾は、信じ難い事に、九発全てが命中する。

激しい衝撃と共に、空母ヨークタウンは瞬時に炎に包まれた。

砲弾は空母のあちこちに命中し、船体を満遍《まんべん》なく破壊していた。

空母ヨークタウンは機関部を破壊され、電源も失った。そして浸水が起こり、確実に傾斜していった。

その間に戦艦は再度の砲撃を行った。フレッチャー長官は、その瞬間に自分達はお終《しま》いだと思った。

いまここで戦艦の砲撃を受けたなら、空母は確実に沈められる。しかし、砲弾が命中したら起こるだろう、衝撃はない。

九発の砲弾は、重巡洋艦二隻にそれぞれ二発、そして五隻の駆逐艦にそれぞれ一発が命中していた。

「化け物だ！」

フレッチャー長官は、それを確信した。空母に全弾が命中するならまだ理解できる。九発の砲弾が、それぞれ別々の標的に命中するなど海軍の、いや物理の常識から言ってもあり得ない。

駆逐艦は砲弾が命中すると、次々と船体が二つに折れて轟沈《ごうちん》する。それはもはや砲弾の威力で説明がつくものではなかった。

そもそもそれだけの威力がある砲弾が九発も命中しながら、空母ヨークタウンはなぜか浮いている。

二隻の重巡洋艦も砲弾二発を受け、艦全体が燃えさかっているのに、浮いている。それは苦しみを長引かせようというような、悪意を感じさせるものだった。

苦しみを長引かせるというのは、確かに当たっているように思えた。二度の砲撃を最後に、敵戦艦は沈黙を続けているからだ。

二隻の重巡洋艦と一隻の空母。それらは炎上を続けている。もはや艦内の移動さえ自由にはならない。

フレッチャー長官も、将旗を移動しようにも、移動すべき軍艦はなく、部下との連絡も思うに任せない。

「無線機が使えます！」

通信室から伝令が来ると、すぐにフレッチャー長官はアイランドの中の通信室に飛び込む。

「無線電話が通信を傍受しているようです」

「スピーカーに出せ！」

あるいは、あの戦艦が妨害電波を出しているのではないか。それを止めたから、無線機が使えるようになった。

だとすれば、この無線電話の内容は、敵からの何等かのメッセージであるはずだ。

そのフレッチャー長官の解釈は、必ずしも間違いとは言い切れないものの、予想していたようなものとも違っていた。

スピーカーから流れる声。それは悲鳴であり、怒声であり、慟哭《どうこく》であり、叫びであった。

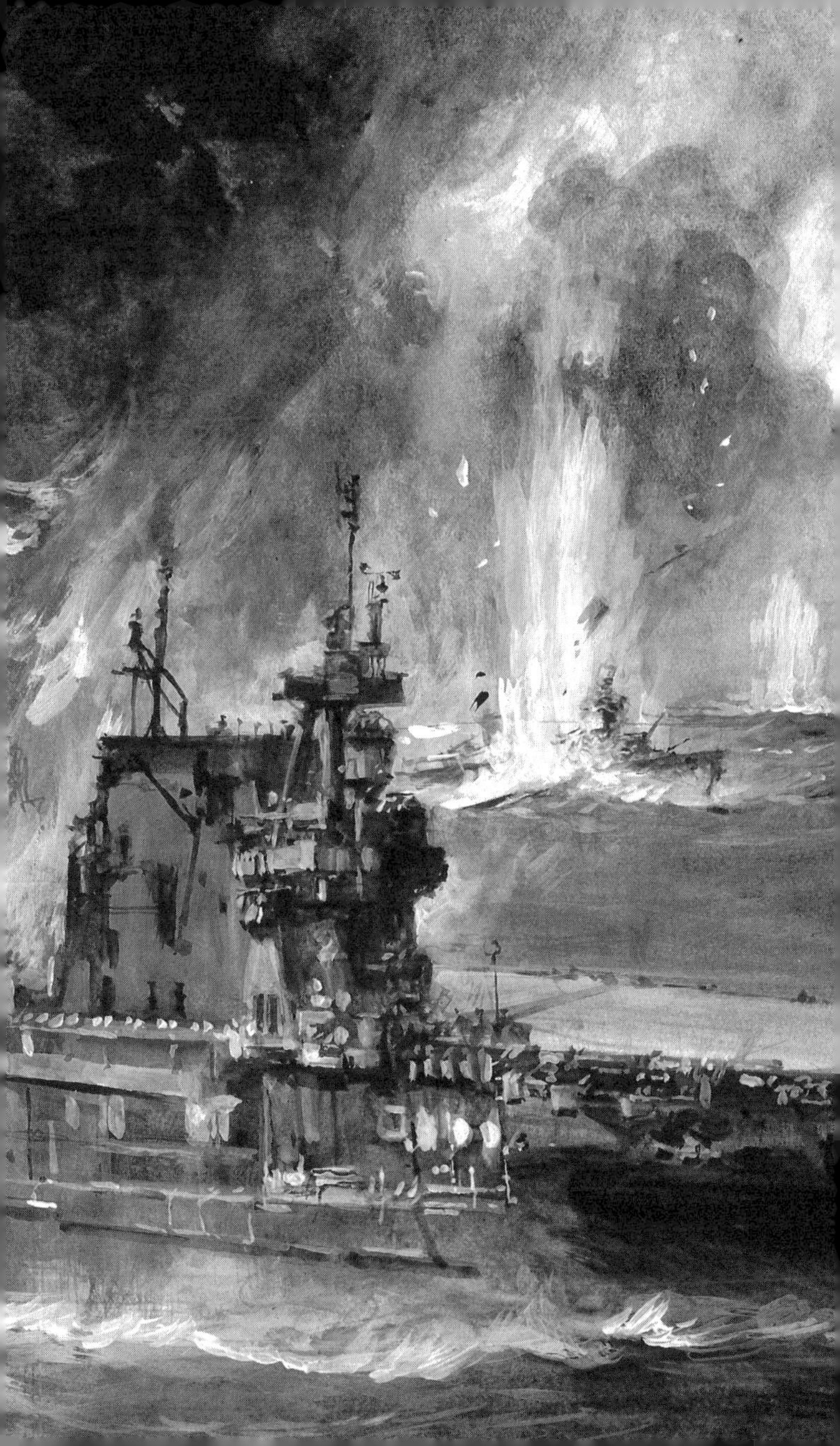

砲爆撃にさらされ、沈み行く軍艦の乗員達の断末魔。フレッチャー長官の脳裏には、そうやって死んでいく将兵の姿が広がって消えた。

「これが、お前の復讐なのか」

お前とは何か。フレッチャー長官は、それを名前をもって口にすることはできなかった。しかし、それでも何であるのかは理解できた。

彼が復讐のことを理解するのを待っていたかのように、炎の柱が空母のアイランドを包み込み、そして二隻の重巡洋艦は、炎上しながら突然動きだし、左右両舷から空母に向かって追突する。

大爆発が起こり。三隻の軍艦は、そのまま海中に没した。生存者はいなかった。

田中潜水艦長が、戦艦を雷撃すべく決心したのは、単純に技術的な問題からだった。ディーゼル主機の調子は必ずしも思わしくなく、空母に対して、最適の射点に就くのが難しいと判断されたためだ。

それよりも目の前の戦艦の方が攻撃は容易だ。空母に接近すると戦艦の動きも変わったのか、射点にはむしろ移動しやすくなった。

そうして伊号第一六六潜水艦は射点に就く。そして潜望鏡深度に潜航した。

「!?」

伊号第一六六潜水艦の乗員達は、一様に顔を見合わせた。潜水艦のあちこちから、爆弾や機銃弾が海面に撃ち込まれるような音が響いてきたためだ。

先ほどまでは何もなかったはずなのに、一瞬で自分達の潜水艦は激戦地のただ中に送り込まれたかのようだ。確かに空母はいるが……。

「本艦が発見されたのか？」

田中潜水艦長は、司令塔から潜望鏡を上げる。

潜望鏡を上げたときに見えたのは、ガラスのように静謐《せいひつ》な海面であった。爆撃も砲撃もなく、銃撃さえもない。

しかし、それ以上に田中潜水艦長に意外だったのは、潜望鏡周囲の空間の空気が澄んでいたことだった。

戦艦は霧で覆われていたのではなかったか。しかし、潜望鏡の様子から察するに、どうやらガラスのボールの中にいるがごとく、霧はボールの表面だけを覆っていて、その内部には風一つ無いようだ。

だがそんな空間があるはずがない。戦艦の航跡さえも、すぐにガラスの表面に吸収されるかのようだ。

――なんなのだ、これは？

何かがおかしいという思いが、田中潜水艦長を支配していた。艦内からは戦闘らしい音が聞こえているが、潜望鏡の景色は戦闘とは無縁だ。

それでもまったく戦闘がないわけでもないのだろう。潜望鏡の視界の中に、米軍機の姿が見えた。

それは攻撃機であり、そして明らかに戦艦を攻撃しようとしていた。

――なら友軍の戦艦なのか？

そう思った時、視界の中の戦艦の姿が動いた。動いたとしか思えない。戦艦との位置関係が違って見えたからだ。

そこで田中潜水艦長は、その戦艦が旭日旗《きょくじつき》を掲げていることを確認した。日本海軍の戦艦。そんな戦艦があることは知らなかったが、これが噂の新型戦艦大和か。

「攻撃中止！　あれは友軍の戦艦だ！」

田中潜水艦長の声に、艦内はどよめいた。潜望鏡を見ていない人間には、友軍戦艦が激しく対空戦闘を続けているように聞こえるだろう。

しかし、艦内に聞こえる音と、潜望鏡から見える景色はまるで違う。

戦艦大和は砲塔を動かし、発砲する。その音は、潜水艦からもはっきり聞き取ることができた。

つまり潜望鏡の視野の中で起きていることと、艦内で聞こえる音は一致する。だが砲声は一致しても、それ以外の戦闘は一致しない。

航空戦は激しい様子なのに、潜望鏡の中で、攻撃機は火砲の砲口圧で四散していた。その音は聞こえない。

戦艦大和らしい軍艦は、斉射を二度行った。驚いたことに二度目の斉射が終わった時、霧のドームのような空間が消えた。

戦艦の周囲は、ごく普通の海上だった。ドーム状の霧も傘もない。そのかわり戦艦の前方には炎上する重巡洋艦と空母の姿がある。

それらは田中潜水艦長の潜望鏡の中で、何かに導かれるように移動し、衝突し、爆発し、海に没した。

それが幻などではないことは、大型軍艦が水没するときの、独特の軋み音が聞こえることでもわかった。

ならば、これが現実なのか。信じられないことをすべて含めて。

「我が軍勝てり！」

田中潜水艦長は、軍艦の軋《きし》み音に不安に駆られた部下たちに向かって司令塔からそう叫んだ。

「我が軍勝てり！」

同じ言葉を二度繰り返すことで、田中潜水艦長も、本当に自分達が勝ったような気がした。

しかし、正確には敵空母部隊を撃破したのは、あの戦艦だ。あの戦艦一隻が敵部隊を撃破した。

――勝ったのはあの戦艦だ。

だが、あの戦艦はなんなのだろう。噂に聞く戦艦大和なのか？　しかし、単独でこんな場所にいるのか？　伊号第一六六潜水艦は浮上し、空母ヨークタウンが戦艦大和らしき軍艦に沈められたことを報告する。

信用されるかどうかはわからない。しかし、敵空母が撃沈されたことは事実であり、これを報告しないわけにはいかない。

一番信じてもらえるのは、自分達が撃沈したという報告だろう。しかし、田中潜水艦長はそんな虚偽の報告をするつもりはない。

信じ難い経験をしたことは、それでも事実であることを自分は知っている。

だが虚偽の報告を一度でもしてしまえば、もう二度と自分は自分を信じる事ができなくなるだろうから。

　第一航空戦隊の空母加賀と赤城が被弾し、戦闘力を失ったときも、第二航空戦隊の蒼龍《そうりゅう》と飛龍は無事だった。

　あるいはここで空母ヨークタウンの攻撃機も殺到していたならば、この二隻のどちらかも、あるいは失われる結果となっていたかもしれない。

　だが空母ヨークタウンはすでになく、空母航空隊はホーネットとエンタープライズ隊しかなかった。

　第二航空戦隊の山口多聞《たもん》司令官は、加賀・赤城の艦載機を収容するために、出撃可能な艦載機を出撃させた。

　このとき出撃できたのは、艦爆（艦上爆撃機）だけであった。戦闘機はなく、攻撃隊は戦闘機の警護なしで出撃する形となる。

　山口司令官にしてみれば、やっと出撃させられたというものだった。彼は南雲司令長官の兵装転換命令の前に、艦爆隊の出撃を主張していたのだ。

　それが叶えられていたら、加賀や赤城の悲劇は避けられたであろうに。

　攻撃機を発艦させてから回収した加賀や赤城の艦載機に攻撃機はなく、一航戦の飛行機で回収できたのは、防空戦闘に従事していた零戦だけだった。

　山口司令官の元に、蒼龍や飛龍から緊急の問い合わせがあった。

「加賀の仇を討たせたい」

「赤城の無念を晴らさせて欲しい」

着艦した加賀や赤城の戦闘機隊は、燃料と銃弾を補給して、すぐに出撃したいというのだ。

山口司令官にとって、それは予想外のことだった。彼は格納庫内の戦闘機を出撃させることを考えていたためだ。二航戦から出すなら、そうなるだろう。

しかし、第一次攻撃隊の収容やら兵装転換で空間が必要なので、戦闘機は格納庫内に置かれているが、加賀や赤城の戦闘機が先行する攻撃隊と合流できるなら鬼に金棒ではないか。

機体の整備や搭乗員の疲労は山口司令官にもわかる。しかし、出撃を請うているのが搭乗員自身なら、それは問題あるまい。

こうして最低限度の整備と補給を受けた加賀や赤城の戦闘機隊は、二航戦の攻撃隊に合流すべく出撃した。

第一七任務部隊と連絡がつかない。第一六任務部隊のスプルーアンス長官は、その事実に苛立ちと不安を覚えていた。

空母ヨークタウンは満身創痍《まんしんそうい》であったものを大車輪で修理し、戦線に復帰している。だから空母ヨークタウンに何等かのトラブルが起きてもそれは仕方が無いのかも知れない。

しかし、他の巡洋艦や駆逐艦とも連絡が取れないとはどういうことか？

「戦場にヨークタウンの航空隊の姿が見えません！」

スプルーアンス長官の不安を増幅させたのは、通信参謀からの報告であった。敵空母部隊との戦闘で、ヨークタウン隊の姿が見えない。

もちろん出撃命令を出していないのだから、戦場にその姿がなくても不思議はないと言えばない。

レイモンド・スプルーアンス

だがこの状況ではフレッチャー長官なら、自身の判断で部隊を展開するはずだ。戦端が開かれているのはわかっているのだから。

何かがおかしい。しかし、スプルーアンス長官は、フレッチャー長官に構っていられたのもそこまでだった。

「敵編隊が接近中です！」

それは最悪のタイミングと言えた。じつは空母ホーネットの航空隊は航法のミスにより、敵を見失い戦力の三分の一が遊兵化していたのだ。

さらにミッドウェー島と日本空母部隊上空の戦闘に戦力を投入したため、空母部隊を守るべき戦力が払底《ふってい》していた。

それでもＦ４Ｆ戦闘機隊をスプルーアンス長

Ｆ４Ｆ戦闘機隊

官は迎撃に向かわせた。零戦隊の動きは、米海軍航空隊が知っている彼らの姿とは違ってた。

それは動きにキレが見られない。スプルーアンス長官は、それが加賀や赤城の零戦隊であることを知らない。

母艦を失った精神的動揺と、機体と搭乗員の疲労が限界に近いことも。気力だけは張っていたが、肉体がそれに追いつかないのだ。

それでも歴戦の搭乗員たちはＦ４Ｆ戦闘機隊とよく闘った。撃墜機はなかった。ただ自分達もＦ４Ｆ戦闘機隊を撃墜できなかった。小さな判断の遅れは航空戦では戦果につながるからだ。

しかし、零戦隊に被害が出ないからと喜んではいられない。艦爆隊はＦ４Ｆ戦闘機隊に翻弄《ほんろう》され、撃墜機は少ないものの、命中率は大幅に

南太平洋海戦で日本海軍航空隊の攻撃を受けるホーネット

低下した。

フレッチャー長官は、このまま危機を脱せられると考えた。しかし、そうではなかった。

F4F戦闘機の数は決して十分ではない。戦闘機隊の守りの間隙を縫って、三機の艦爆が空母ホーネットに爆撃を仕掛け、二機が爆撃に成功する。

空母ホーネットの飛行甲板は火の海に包まれた。そして日本軍の攻撃は、これで終わった。爆弾が尽きたのだ。

「撤退する」

スプルーアンス長官は決断した。偵察に出したSBD急降下爆撃機が、第一七任務部隊のものと思われる大量の残骸が海上に浮いているのを目撃したのだ。その中には空母ヨークタウンのものもあった。

それどころか海面付近に空母の船底が沈んでいるのが見えたという。完全に沈みきっていないのか、海底までの深度が浅いのか。いずれにせよ沈んだことには違いない。

何が起きたか不明だが、空母一隻が航空隊ごと失われ、いま空母ホーネットが使えなくなった。

空母エンタープライズだけで戦線は維持できない。ここは撤退するより無い。

こうして艦隊戦に関しては、ミッドウェー海戦は、終了した。

二章　ミッドウェー島

ミッドウェー島の航空戦は、結果的に第一次攻撃隊が島を直接攻撃しただけで、それ以降は空母戦になっていた。

日本海軍はすでの四隻の空母のうち、二隻を失い、残り二隻は敵艦隊を撃滅すべく戦闘を続ける。

しかし、これにより皮肉にもミッドウェー島の航空基地は日本艦隊からの攻撃を免れていた。

米軍は、海軍の空母三隻と共に不沈空母としてのミッドウェー島を手に入れた形になる。つまりこの点では日米の航空戦力は四対四であった。

こうしてミッドウェー島の航空隊は再三にわたり日本艦隊を攻撃しているが、はっきり言って、一航艦の航空戦力を消耗《しょうもう》させる以上の働きはしていない。

空母加賀も赤城も、第一六任務部隊の空母群により撃破されたが、それだけである。

ただミッドウェー島の航空基地が無意味かと言えば、むろんそうではない。彼らによる戦力の投入は、要するに一航艦にとっては飽和攻撃であり、それがあればこそ第一六任務部隊の攻撃が成功したとも言える。

また損傷機などがミッドウェー島に着陸することで墜落を免れるという点でも、大きな意味があった。

そもそも日本軍の攻撃目標がミッドウェー島であればこそ、結果の如何《いかん》にかかわらず、彼ら

真珠湾攻撃直前のミッドウェイ環礁

が攻撃を仕掛けないわけにはいかないのである。

しかし、ミッドウェー島の航空基地は、その時、攻撃を一時的に中断することを余儀なくされていた。

ミッドウェー島には海軍航空隊、海兵航空隊、陸軍航空隊が進出しており、数ではキムス海兵中佐の部隊が最大だったが、打撃力ではB17を一七機抱えるウィリス・H・ヘール陸軍少将の部隊が最強と言えた。

三つの部隊がバラバラに飛行するのは非効率的なので、各部隊の指揮権は認めつつ、全体の調整はヘール陸軍少将とスタッフが行い、日本軍に向かう事になっていた。

じっさい四発重戦略爆撃機は、ミッドウェー島防衛の最大戦力であるからだ。また離陸準備などに手間がかかるB17の飛行を優先すると、他の単発機は合間に飛行する形にならざるを得なかった。

そのB17爆撃機の飛行がいま、中断されていた。

「レーダーに何も映らず、無線通信もできないだと？」

「この天候は、何か尋常ではないことが起きているようです」

レーダー基地からの電話を受けながら、ヘール陸軍少将は指揮所から空を見る。

確かに、おかしな気象だ。風はべた凪《なぎ》で、髪の毛を落としても真下に落ちそうだ。突然の無風状態だ。ここまでべた凪だと、重爆の離陸条件としては、あまり面白くない。

しかし、離陸が中断されているのは、無風だからではない。気象担当の将校は、突然の中断を問題とした。

台風の目のような状況にミッドウェー島が入り込んだ可能性がある。つまり無理に離陸すれば上空で強風域に衝突する可能性があるという。

それを裏付けたのが、レーダーからの報告だった。ミッドウェー島を中心に、白い壁のようなもので島は包まれている。

じっさいヘール少将にも「壁」は見えた。ミッドウェー島全体が、巨大なガラスのボールに包まれたかのように、半球状の空間にわたって、島は白い雲か霧のようなものでできた壁に被われている。

ヘール少将には台風の目がどんなものかはわ

からないが、こんな雲のドームで被われたような状況ではないはずだ。

一方で、ドームの中の空気は無風で澄んでいる。澄んでいるから、ドームの表面の霧の動きが見える。

海軍の飛行艇が調査に向かったが、それはドームの雲の壁に触れると、姿を消した。無線通信にも応答はなく、レーダーにも映らない。

気象担当将校が言う、ドームの外は強風域という仮説はどうやら否定できないようだ。信じられるものではなかったが。

「突然の気象変化だ、やはり突然消えるかも知れん。その場合に即応できるように、出発準備は整えよ」

そう命令を下しつつ、ヘール少将は、あることに気がついた。どうして日本軍機がミッドウェー島の攻撃に来ないのか？　空母戦を優先しているのかもしれないが、この異常な気象のなか、強風域が島への日本軍機の進攻を阻止しているのか。

「神の意思！」

ヘール少将は、まさに天啓を得たかのように、その可能性に思い至る。神はミッドウェー島を守ろうとしている。この異常気象は、日本軍から自分達を護ろうという神の意思ではないのか？　それが現れたのは、まさにそんなタイミングだった。

「砲台からの報告です。軍艦が接近中です！」

電話の相手は興奮気味に語る。

「軍艦？　敵か味方か？」

「サウスダコタ級戦艦と思われます」

「友軍戦艦か」

陸軍軍人のヘール少将は、海軍の軍艦についてさほどの知識があるわけではない。友軍戦艦の接近と言われれば、それを疑う理由はなかった。

だが状況は急速に変化する。すぐに海兵隊より電話が入る。

「砲台からの報告です！　すぐに戦艦を攻撃して下さい！　あれは日本軍の戦艦です！」

「日本軍の戦艦だと！」

空母部隊の存在は聞いていたが、戦艦部隊の存在など初めてだ。もっとも海兵隊の動揺ぶりからするに、彼らにもこれは想定外の出来事なのだろう。

日本軍空母の動きがないと思ったら、戦艦を投入してきた。そういうことなのだろう。

それがわかればヘール少将に攻撃を躊躇する理由はない。すぐに待機中のB17爆撃機隊が出撃する。

最初の五機までは順調に離陸できた。しかし六機目の滑走中、そのB17爆撃機は滑走路上で四散してしまう。

さらに誘導路で待機中の七機目のB17爆撃機もまたほぼ同時に四散する。

「何事だ！」

ヘール少将は、指揮所で叫ぶ。この大事なときに事故だとでも言うのか？　しかし、それは違った。自分達は砲撃を受けているのだ。いま爆撃機が四散したのは、戦艦の砲弾の直撃を受けたためだ。

ヘール少将は、戦艦の主砲の命中精度については知らない。しかし、陸軍の火砲であっても、移動中の爆撃機に直撃させることなどあり得ない。

偶然か？　だとしても容易なことではない。砲弾は他にも滑走路を破壊しているからだ。

砲弾よりも後から、海から砲声が届いた。しかし、ヘール少将には、それが最初は砲声であることがわからなかった。

距離が遠いせいなのか、その砲声は人々の叫び声や悲鳴に聞こえた。滑走路に弾着した砲弾でさえ、聞きようによっては、断末魔の叫びにも聞こえなくはなかった。

ミッドウェー島には二本の滑走路があったが、砲弾は、魔法でも使っているのか、一つの標的ではなく、二つの標的に、つまり両方の滑走路に弾着しているらしい。

このため島の航空隊の飛行機の多くが、砲弾のために地上破壊されていた。それらは一度ではなく可能な限りの出動を意図していたため、周囲には燃料車や爆弾が並んでいた。

砲弾はそれらを誘爆させた。空母ならそれは致命傷となるが、さすがにミッドウェー島は誘爆で沈みはしない。

しかし、砲撃により、航空隊も滑走路も一瞬にして使用不能となった。それでも戦艦からの砲撃は止まない。

海岸の砲台も戦艦に対して砲撃を試みるが、砲弾は届きもしない。というより、照準器の距離が定まらない。近いようでいて、遠くにある。

それが日本戦艦だった。

何かがおかしいと海岸の将兵が思うのは、日本戦艦が近くにあるようにも遠くにあるようにも見えることだ。

双眼鏡で、艦橋の窓が見えたかと思えば、次の瞬間には、戦艦全体の姿が視野に収まる。

ただ何度かの観察で、その戦艦が激戦をくぐり抜けたらしいことはわかった。明らかに被弾したらしい痕跡《こんせき》や、激しい対空戦闘の後を思わせる薬莢の山が甲板に散乱しているからだ。

「友軍空母と闘ったのか？」

そう思えるほどの戦闘の跡。しかし、友軍部隊が戦艦と闘ったという報告など届いていない。

滑走路を破壊し尽くした戦艦の主砲は、順次、島の各種施設に向けられる。海岸線の砲台が砲弾の爆発で、基礎ごと掘り返され、コンクリートが粉砕される。

他にも宿舎や支援施設が破壊されていく。将兵は砲弾が落下するたびに逃げ惑い、死傷していく。しかし、この小さな島に逃げ場所はない。

「あいつらには俺たちのことがわかるのか！」

砲弾はまさに、施設を破壊した跡に、米兵たちを狙うかのように弾着し、衝撃波と鉄片をまき散らす。

「B17は！」

陸軍航空隊の将兵は、すでに離陸したB17爆撃機隊にすべてを託した。敵に一矢報えるとしたら、重爆隊しかない。

だが彼らの希望は、すぐに絶望へと変わる。

出撃したB17爆撃機は、戦艦の主砲弾の直撃を受け、空中で破壊されていた。

そんな非常識な戦い方などあるはずがない。しかし、それは現実に起きていた。航空隊は戦艦の主砲で撃墜されたのだ。

そうして砲撃が終わったとき、ミッドウェー島の空も明るくなった。あの不思議な雲も消え、空はいつもの空に戻っている。そして周囲の海に日本戦艦の姿はなかった。

ミッドウェー作戦は、連合艦隊が企図した作戦としては最大規模のものであり、その参加艦艇は末端の小艦艇までを含めると二〇〇隻あまりを数えていた。

この作戦で消費された燃料が、平時の連合艦隊の消費燃料の一年分に相当したことでも、作戦規模がわかろう。

直接的にミッドウェー島に上陸し、占領するための部隊に限っても、第二水雷戦隊の旗艦の軽巡洋艦神通以下、駆逐艦一〇隻、掃海艇《そうかいてい》四隻、駆潜艇《くせんてい》三隻、哨戒艇三隻、運送艦一隻、これらにまもられる輸送船が一五隻と、総計三七隻の艦船が参加していた。

この船団により輸送される占領隊は、連合特別陸戦隊（横五特[*1]・呉五特[*2]）が約二六〇〇名、設営隊が約三〇〇〇名、陸軍一木《いちき》清直《きよなお》大佐率いる一木支隊の約二〇〇〇名の総計七六〇〇名の将兵であった。

船団はB17爆撃機隊や魚雷を抱えた飛行艇隊

＊1　横須賀鎮守府第五特別陸戦隊。　＊2　呉鎮守府第五特別陸戦隊。

の攻撃を受けはしたが、爆弾も魚雷も命中せず、無傷で航行を続けていた。

ただしそれは結果論である。現実に攻撃を受けている第二水雷戦隊の田中司令官は、最後の攻撃が終わっても、本格的な攻撃に警戒を強めていた。

それは当然の事だろう。島の占領こそが日本軍の目的であるなら、その地上兵力の撃破こそが、最優先の課題となる。

すでに空母戦ははじまっているらしいが、島の重爆部隊が再度攻撃を仕掛けてくることは十分にあるはずだ。

南雲司令長官からは、占領部隊に対して特別の命令は出ていない。攻撃されたことは報告しているが、敵航空隊は自分達が撃破すると考えているのか、特別な命令は出されていなかった。

通信科からは、戦局の動きが色々と入ってくる。

「空母加賀と赤城が失われ、二航戦のみが闘っています。敵空母部隊は撃破した模様です」

「敵空母を撃破か」

撤退命令が出ないというのは、そう言うことだろう。こちらは空母を失ったが、敵も空母を失った。

ミッドウェー作戦の主目的が島の占領か、敵艦隊の撃破か明確ではない部分もあるが、敵艦隊を痛打できたなら、作戦目的の一部は達成したということか。

「敵情はどうか?」

田中司令官は、軽巡洋艦神通の無線室に問い合わせる。敵の無線通信を傍受するよう命じているのだが、さっぱり報告がない。だから確認したのである。

「ミッドウェー島の無線通信は沈黙を続けています」

返答は田中司令官の思いもよらぬものだった。戦闘中だから無線封鎖ということかもしれないが、この状況で無線封鎖に意味があるとも思えない。

「無線機の故障ではないのだな？」

「それはありません。敵軍の無線電話についてはは、一部は傍受出来ます」

「その無線電話ではどうなっている？」

「空母ホーネットが被弾し、着艦不能であるようです」

「沈んではいないのか？」

「航空機の無線電話ですので、それ以上はわかりません」

「そうか、ありがとう」

敵空母の一隻は大破《たいは》するかどうかなっているらしい。それはいいが、ミッドウェー島からの通信を傍受出来ない理由は、相変わらずわからない。

無線機の故障という可能性はあるが、駆逐艦だって複数の無線機を搭載している。ミッドウェー島の基地航空隊が完全に通信途絶というのは、機器の故障では説明がつかない。

ミッドウェー島で、何等かの異変が起きている。そう考えるよりないようだ。なぜならミッドウェー島に向かっている船団に対して、敵軍の攻撃が行われていないからだ。

遠ざかっているならわかる。そうではなく自分達は近づいているのだ。距離が狭まっているのだから、空襲の間隔は短くなるのが常道である。

しかし、航空隊の攻撃は起きない。一航艦がミッドウェー島攻撃を再開させたという報告も無い。

「ミッドウェー島に敵影なし」

一航艦から船団に対してその報告があったのは、六月四日の夕刻だった。

敵影なしの意味についてはとくに説明はなかった。敵影がないから上陸せよということだろう。

「ミッドウェー島はそうとう叩かれてますね」

状況がある程度見えてきたのは、六月五日の未明。船団から島影が見えるほど接近したときだった。

まだ暗い海に、島影は赤く燃えていた。燃料タンクの火災によるものらしい。

「一次攻撃隊が燃料タンクを破壊し、敵軍は航空機の燃料を使い尽くした。そういうことでしょうか？」

先任参謀[*1]は、なんとかこの不可解な状況を説明しようと、そんな仮説を口にするが、もとより彼自身がそんな仮説を信用していないことが見て取れた。

ともかくミッドウェー島は何者かの攻撃で戦闘力を失い、基地機能を失った。それはたぶん一航艦の攻撃だろうが、しかし、そうであると

＊1　一番最初に任命された参謀であり、他の参謀の取りまとめをする職制をさす。

いう報告は無い。

ただ船団はここまで接近しながらも、依然として敵の攻撃を受けていない。飛行艇さえ飛んでこない。

そうしていよいよ、一木支隊をはじめとする上陸準備がはじまる。舟艇が降ろされ、兵員が移乗する。

潮汐《ちょうせき》が珊瑚礁《さんごしょう》の通過を容易にする未明の時間。月齢も加味して島への上陸に都合が良い日は今日しかない。

ある意味で、それは危険な上陸作戦だった。上陸に最適な天象は、敵軍にも自明であるからだ。

この日が上陸の最適日とわかっているから、敵も海岸線に防備を固められる。どちらも合理的な判断をしているはずだが、その結果として激戦は避けられず、多数の将兵の血が流れる。

しかし、この上陸に最適なタイミングを選んだのは、まさに犠牲を最少にするためではなかったか？　田中司令官は、だからこそ上陸支援のことを考えていた。

一航艦は体勢を立て直しつつも、敵の再度の攻撃に備え、ミッドウェー島を支援できる状況は維持しつつ、残存空母二隻は針路を日本に向けていた。

一つに哨戒機が空母近くで米潜水艦を発見し、撃破したことが大きい。

南雲司令長官としては、敵空母部隊が撤退したらしいいま、ミッドウェー島攻略も先が見えたいま、一刻も早く撤退したいのだ。

空母戦で二航戦が失われるというならまだしも、たかが米潜のために戦力を失うなどいまの南雲司令長官には耐えられなかったのだ。

ただ南雲司令長官は、将旗を空母飛龍に移し、そのかわり軽巡洋艦長良を上陸部隊の支援に向かうよう命じていた。

移動している空母に魚雷も当たるまいということと、一航艦は残存戦力で連合艦隊主力と合流を試みるので、長良は上陸部隊の支援ということらしい。

じっさい空母の搭乗員は飛龍や蒼龍に移乗する事となった。一航艦首脳にとって航空隊再建という大事業が待っているためだろう。

もっともそういう概要を報《しら》されても、田中司令官としては何ともいいようがない。

おそらく一航艦内部には、色々な議論があり、それはそれで筋の通ったものなのだろう。ただ、それで戦力が増えたという実感はあまりなかった。

すでに舟艇隊は移動し、なるほど軽巡長良の姿も見える。ここまで来てもミッドウェー島からの反撃はなかった。

「こいつのせいで、留め置きか」

和田砲術長は、たったいま射出機から飛び立った水偵の姿を見ていた。ミッドウェー島の偵察。それが長良の水偵に課せられた任務だ。

そもそもは、ミッドウェー島からの航空攻撃が途絶したことから始まった。二航戦の空母は空母戦の混乱を収拾している最中であり、利根や筑摩の水偵も他を飛んでいるか整備中で使え

九四式水上偵察機

ない。

そこで軽巡長良の九四式三座水偵が偵察に向かう事になったのだ。

長良の水偵の報告は予想外のものだった。島全体が徹底的に破壊されていた。確かに第一次攻撃隊は攻撃をかけているので、基地が損傷を受けていても不思議はない。

しかし、全島規模で徹底した破壊が為されるほどの攻撃はしていないはずだ。そもそもそれが可能であったなら、B17爆撃機隊が襲撃に来たりはしないだろう。

九四式三座水偵によれば、滑走路で多数のB17爆撃機が破壊されているという。その報告を疑う理由などないのではあるが、受けた側としては俄《にわか》には信じ難い。

＊1　航法を行う席。

信じ難かったのは、軽巡長良だけでなく、艦隊司令部も同様だったらしい。そこで司令部からは、上陸部隊の軽巡洋艦神通《じんつう》と合流後、水偵二機にて直前の偵察を行えという命令が届いた。どうやらそれが長良だけが留め置かれた理由らしい。空母や重巡は引き揚げる必要があるが、部隊がすべて引き揚げたら、航空機がゼロになる。

神通にも水偵は搭載されているが、一機では心許ない。だから長良の水偵も投入する。

正直、他の有力軍艦に比べて長良や神通の扱いは雑に思えなくはない。ただそれは、五五〇〇トン型軽巡の設計と、戦場で要求される能力に乖離《かいり》が生じていることと表裏一体の問題でもあった。

五五〇〇トン型が設計された時代、軍艦に飛行機が必要不可欠な存在になるとは考えられていなかったのだ。

占領部隊と軽巡長良は合流し、再び上空支援のために水偵が飛ばされることになる。今回は和田砲術長が航法席[*1]に着いた。

敵陣の砲台は昨日の偵察では完全に破壊されたように見える。しかし、状況はあまりにも不自然だった。

陣地が完全に崩壊しているように米軍が偽装し、日本軍の攻撃を受けないようにした上で、いざ上陸部隊が現れたら、隠された砲台が牙を剥《む》く。

そんな冒険小説のようなことがあるとは、和田砲術長も本気で思っているわけではない。た

軽巡洋艦神通

だ一度の攻撃で、ミッドウェー島の敵陣が完膚《かんぷ》無きまでに破壊されるという事実は信じ難く、また事実であれば重大だ。

和田砲術長は、米軍の守備隊が何か恐るべき破壊力の火器を設置していて、それが誘爆か何かを起こした可能性を疑っていた。

そうであるとしたら、敵軍の強力兵器はまだ使えるのかも知れない。それが上陸部隊に向けられれば、戦局はひっくり返りかねない。

和田砲術長が志願して乗り込んだのは、そんな兵器が隠されているとしたら、火砲の専門家である自分が確認すべきである。そう判断したのであった。

「砲術長、話はわかるんですが、具体的にどんな兵器なんですか？　例えば敵軍の火砲が腔発《こうはつ》でも起こしたなら、火砲そのものは使えないのでは？」

軽巡洋艦長良からの発艦前に機長が尋ねてきた。彼としては気心の知れた航法員を降ろして、和田砲術長が乗り込むというのが、今ひとつ面白くないらしい。

解釈によっては、自分達の技量を疑われているともとれるからだ。それに強力兵器と言ったところで、大砲であるなら、それくらいわかる。機長の質問にはそんな意味も含まれていた。

「話を聞く限り、ロケット兵器の可能性がある」

「ロケット兵器!?」

和田砲術長のロケットという言葉に、機長は態度を変えた。そんなものは知らないし、下手をすれば昨日それを見逃していた可能性がある。

「欧州戦線ではドイツ軍が多数のロケット兵器で敵陣を一掃したという話を聞く。また、巨大なロケットで陣地一つを噴き飛ばすようなことも可能らしい。

多数のロケット兵器を敵陣に集中して放つのがロケット兵器の基本的な戦術だが、それが誘爆したならば、島全体に弾着して、広範囲に被害を及ぼすことはあるかもしれん」

「それはどんな兵器なんです？」

「形状は煙突のような物だ。ロケット弾は命中精度が悪いが、製造が火砲に比べて簡単という利点がある。

問題は、誘爆を起こしたとして、すべてのロケット弾が誘爆を起こしたかどうかだ。弾薬は分散して貯蔵されるだろうから、誘爆を起こしていないロケット弾が残っている可能性がある」

三座水偵は爆装していた。その状態で、偵察機は比較的低空を飛ぶ。

長良の水偵に刺激されたのか、神通からも水偵が出された。水偵による偵察について、司令部もちゃんと命令を伝えていないらしい。

それは和田砲術長の水偵よりも、高い高度を飛行していた。偵察の目的の相違だろう。

「どうですか、砲術長、ロケットでしょうか？」

「おかしい……滑走路周辺を飛んでくれ！」

最初の偵察の報告から、ロケット兵器の誘爆を疑った和田砲術長であったが、島のあちこちに見られる弾着の跡に、言葉少なになってしまう。

「どうです？」

「ロケットではないな」

機長はほっとした反面、砲術長の様子が尋常ではないことに、別の不安を覚えた。

「ロケットでなければなんでしょう？」

「あの砲弾跡は、戦艦の主砲によるものだ」

「戦艦？　戦艦なんか……」

「あぁ、戦艦部隊はミッドウェー島に砲撃など行っていない。しかも、あの砲弾跡は、どう見ても四〇センチ砲以上のものだ。GF（連合艦隊）旗艦の大和《やまと》だけだろう、これだけの砲撃を行えるのは」

「しかし、艦隊主力は……」

「そうだ、ミッドウェー島の遙か彼方だ。だから何人《なんぴと》もミッドウェー島にこんな砲撃を加えられるはずがないのだ」

和田砲術長も自分で口にしている言葉の意味がわからない。目の前に広がる光景をそのまま分析しただけだが、それはあり得ない事実を意味している。

一瞬、アメリカ海軍も四六センチ砲搭載の戦艦を建造していたかと思ったが、日本にせよアメリカにせよ、戦艦クラスの多額の国家予算を必要とする案件を密《ひそ》かに執行はできない。

大和でさえ、建造しない軍艦の予算を計上して、なんとか予算を捻出《ねんしゅつ》したのだ。日本でさえそれだけ苦労しているのだ。民主主義国であるアメリカではなおさら秘密の保持は困難だろう。

戦艦大和にしても、要目《ようもく》こそ秘密だが、日本が新型戦艦を建造していることそのものは、英米も知ってはいるのだ。そうした点でもアメリカが密かに四六センチ砲搭載の戦艦を建造できるとは思えない。

百歩譲ってそういう戦艦を建造したとして、どうしてそれがミッドウェー島を砲撃したりするのか？　そんなことはあり得ない。

だから結論は、戦艦大和がミッドウェー島を砲撃したとなるのだが、それもまたあり得ない話だ。

正体は不明ながら、その戦艦が行った攻撃は、改めてみると、猖獗《しょうけつ》を極めた。飛行機で上空から見るからわからないが、低空で見直せば、島のあちこちに死体がある。

大和型戦艦の四六センチ砲弾であれば、その重量は一・六トンある。それが爆発すれば、広範囲にわたって事物が破壊されるのはわかる。

しかし、砲弾の幾つかは、明らかに多数の人間が集まっているただ中に弾着したとしか思えない。

地面をえぐるクレーターとその周辺に広がる鮮血の赤い帯。砲弾の破片の広がりは、同心円形ではなく羽を広げた蝶のような形になるが、まさにミッドウェー島の地面には、そんな鮮血の赤い蝶が何羽も舞っていた。

一つなら偶然であるだろう。しかし、これだけの赤い蝶がいるというのは、何等かの意図が感じられた。

確かに砲撃を仕掛けるからには意図はある。だが和田砲術長にしても、こんな光景など見たことがない。

あくまでも、こんな現象が起きるとしたらこういうことだろう、と解釈がつくだけのことだ。

こんなことは通常ではあり得ない。卓越した技術と恐るべき悪意あるいは憎悪。それが揃わねば、こんな赤い蝶など描けるはずがない。赤は絵の具でもペンキでもなく、人間の血なのだ。

幸か不幸か、砲術科ではない機長は、赤い蝶の模様の意味がわからないらしい。それが和田にはむしろうらやましい。

驚くべきはこんな惨状でも生存者がいることだ。どう考えても無駄だろうに、彼らは小銃で水偵に射撃を試みる。

ただその射撃は散発的で、軍隊の射撃とは思えなかった。

「砲術長、爆弾を積み込んだ意味がありませんね」

「機長、まだわからん。敵の伏兵がいないとも限らないからな」

そう口にしつつも、和田砲術長自身、伏兵などいないことはわかっていた。


一木大佐は舟艇の動きと共に、周辺の駆逐艦の動きを見ていた。海軍は偵察機を飛ばし、敵陣を偵察している。

しかし、その結果は上陸を行う自分達には報されることはない。陸海軍では指揮系統が異なるのと、こうした状況での通信連絡の打ち合わせまでは行っていないからだ。

だから駆逐艦や掃海艇の動きを見る。彼らが攻撃準備を取り始めたとしたら、相応の覚悟が必要ということだ。

しかし、駆逐艦その他の艦艇は、戦闘準備を整えてはいるが、甲板上の人の動きを見るに、失礼ながらあまり緊張感は感じられなかった。

どう見ても海軍は、ミッドウェー島の敵陣に警戒感を抱いていない。敵陣を破壊するための空母が投入されるという話だったが、それが成功したのだろうか。

思い当たることはある。船団はB17重爆撃機の攻撃を受けた後、一切の敵襲を受けていない。敵の航空基地等を友軍が徹底破壊したからこそ、敵襲がないのだろう。

舟艇の集団は、満潮時で潮位《ちょうい》の高い時期であるため、障害となるはずの珊瑚礁を乗り越え、次々とミッドウェー島の海岸に揚陸《ようりく》することができた。

すぐに歩兵が上陸し、橋頭堡《きょうとうほ》を確保する。しかし、敵軍の抵抗は無い。

「何をやったんだ……」

それが上陸した一木大佐の最初の感想だった。

上陸地点にはコンクリートの塊《かたまり》があった。

最初はテトラポットの類《たぐい》かと思ったが、違っていた。それは海岸陣地の砲台だった。コンクリートの擁壁《ようへき》は、何者かによって粉砕され、破片しかない。

よくみると砲弾の直撃で吹き飛んだのか、破片が四散した跡が、砲弾を中心に同心円状に広がっている。

一〇〇メートルほど離れた場所に鉄の柱が立っているが、それは障害物ではなく、噴き飛ばされた砲台の主砲であるらしい。

一木大佐とて実戦経験はある。陸軍の爆撃機が敵陣を爆撃した跡に進駐したことも、一度や二度ではない。

それでもこのような破壊跡は見たことがなかった。基本的にそれは圧倒的な火力の差には違いあるまい。

しかし、それだけでは済まされない何かがあるような気がするのだ。このミッドウェー島を支配する空気は、通常の戦場とは何かが違う。

舟艇からはトラックが降ろされ、完全武装の兵士が乗り込み、前進する。トラックには軽機がしつらえてあり、それなりの戦闘力がある。

もっとも、トラックの数は少ない。自動車中隊から小隊が分派されている程度だ。小さな島だ、そんなに自動車を入れても意味はない。

　自動車に乗った先遣隊が、島の司令部方面に前進する。小隊規模の兵力だが、いまのところ敵襲は無い。

　先遣隊には無線機はなかったが、伝令のためのサイドカーが伴われていた。一木支隊は仮設の本部で部隊の編成を急いでいた。

「抵抗が無いのはまだしも、投降者もいないというのはおかしいですな」

　副官の意見は確かにもっともだった。抵抗もない、投降者もない。それではまるで人間がいないようではないか。

　しかし、この島の重爆に自分達の船団は襲撃されたことは記憶に新しい。少なくともこの島は無人島ではない。そもそも無人島であったなら、ミッドウェー島攻略にこれだけの戦力を陸海軍が投入するはずがないのだ。

　それは先遣隊に同行させた伝令からの報告である程度は状況が見えた。

「敵軍は重傷者多数のため、戦闘力を失っております。また恐怖のために精神に異常を来《きた》している将兵も少なくなく、早急な収容作業が必要です」

「組織的な抵抗ができないのか」

　状況の概要は理解できたものの、一木大佐としては納得はできない。アメリカ人は生活水準が高いから、困難に弱いとは言え、戦場で部隊一つが組織的に戦えなくなるほど精神に異常を来す人間が生まれるとは思えない。

　フィリピンだって、こんな事例は起きていない。困難さなら、ここよりコレヒドール要塞《ようさい》の方がずっと過酷《かこく》であっただろう。

部隊の上陸と進駐は予定よりもずっと円滑《えんかつ》に進んだ反面、一木支隊はまず島の米兵たちの収容施設の設定から行わねばならなかった。

銃創などの負傷者はまだ容易い。外科的外傷は予想していたことであり、野戦病院や隊包帯所[*1]の準備はしてある。

それとて現場の軍医や衛生兵には多大な負担である。日本軍の戦場医療はトリアージの概念はすでに持っていたものの、それを実行するかしないかについては、紆余曲折《うよきょくせつ》の中にある。

トリアージを行えば、戦場における医療面の兵站《へいたん》[*2]負担は減る。そもそもトリアージとはそのためのものだ。

一方で、戦場で見捨てられる兵士と助けられる兵士がいることは、部隊の士気に大きく影響していた。それ故に負担が大きくても全員を助けるという方法がこの時は励行《れいこう》されていた。

ただそれも自国の将兵に対するもので、捕虜に対してどうなのかという問題はまったく検討されていなかった。

捕虜については、批准《ひじゅん》しないまでも基本的にハーグ陸戦協定に準拠することは了解されていたものの、トリアージについては議論さえなされていない。

そもそも太平洋戦争になって、はじめて日本も捕虜収容所を設定したくらいで、全般的に捕虜問題への関心は薄かった。

一木支隊の野戦病院や包帯所も、最初は負傷

＊1　戦線の後方に設置されている応急救護所　＊2　戦闘地帯から後方の、軍の諸活動・機関・諸施設の総称。

した捕虜全員の救命に当たろうとしていたが、すぐにそれをトリアージに切り替えた。

戦場での負傷者はベキ分布を為す傾向があり、瀕死の重傷者より軽傷者の方が圧倒的に多い。

ところがなぜかミッドウェー島の米軍将兵は、異常に重篤《じゅうとく》な負傷者が多かった。四肢の欠損はもとより、腸がはみ出しているような負傷者も珍しくない。

彼らは早晩助かるまい。明日の今頃には、ほとんどの負傷者が帰らぬ人となっているだろう。

残酷なようでも彼らに対してはトリアージで対処できた。問題は精神に異常を来した将兵だ。

そうした心的外傷を負った人間に対する対応は、日本はひどく遅れていた。極論すれば治療よりも隔離、拘束が中心であった。

軍医にもその方面の専門家は一木支隊にはおらず、暴れる捕虜を隔離し、無害なものは一般の捕虜と同じ場所に収容する形になった。というか、他に方法がなかった。

こうして一木支隊が一昼夜開けてからはじめた作業は、島内全域に「散らばる」遺体や肉片の処理という、実に気の滅入《めい》る作業である。

珊瑚礁故に深い穴も掘れず、浅い穴に遺体を集め、ガソリンをかけて焼却する。それしか方法はなかった。

一木支隊が持参したガソリンの半分は、まさにこの遺体の処理作業のために消費されてしまった。

捕虜はそのまま貨物船に乗せ、とりあえず日本に送還する。正気を保っている将兵も、そうでない将兵も。

「それで一体、何がミッドウェー島をここまで破壊したのだ？」

一木支隊長は疲労の色も濃いまま、副官に報告させる。戦闘らしい戦闘は行っていない。しかし、一木大佐の疲労の色は濃い。それほど島の状況は凄惨だったのだ。それが敵兵であったにせよ、飛び散った人間の遺体を見て喜べる人間はいない。

「海軍の人間にも照会してみたのですが、どうも状況が異常です」

「異常なのはわかっている。が、何が異常だと貴官は言うのだ？」

「捕虜たちで正気を保っている将兵に可能な範囲で尋問を行いましたが、戦艦に砲撃されたという一点で、証言は一致しております」

「そうだろうな。ベトンの砲台を一撃で粉砕できるとしたら、戦艦の艦砲くらいしかあるまい」

「ですが、海軍の作戦計画には、ミッドウェー島への艦砲射撃は含まれておりません。空母部隊が空襲により島の航空戦力を撃滅し、その後、我々が上陸、占領する。それが計画です」

言われてみれば、一木大佐が海軍との打ち合わせで聞かされた作戦計画も同様のものだ。戦艦による艦砲射撃は含まれていない。

「すると、敵軍は戦艦の砲撃で完膚《かんぷ》なきまでに叩かれた。にもかかわらず、海軍はそんな戦艦は出していない？」

「そもそも空母部隊は戦艦と行動を共にしていないそうです。上陸支援部隊には戦艦はありますが、それらは砲撃をかけていない」

「なら、誰が砲撃を仕掛けたというのか？」

太平洋で戦艦を展開できる国は日英米の三カ国しかない。しかし、イギリス海軍がここまで進出できるはずもなく、作戦に参加できるのは日米の戦艦しかない。

そこで日本の戦艦がミッドウェー島を砲撃していないなら、消去法でそれは米海軍の戦艦しかない。

とは言え、米戦艦が友軍の拠点を砲撃するなどあり得ない。それは常識以前の問題だろう。

となれば、ミッドウェー島を砲撃できる戦艦など存在しないことになる。この状況で米兵が全員で口裏を合わせる事も考えられず、そもそも戦艦に攻撃を受けたと証言することに利点があるとも思えない。

砲撃など行われなかった。それが一番あり得る可能性だが、ミッドウェー島の惨状は、その可能性をも否定する。

つまりこの島で起きていることは、本来ならあり得ないことなのだ。

大きな謎は謎であったが、一木支隊をはじめとする占領部隊にとっては、より深刻な問題があった。

謎の戦艦は、島の米軍施設を滑走路から燃料タンクまで、それこそ屋根がついてる建物はすべて破壊していた。

このため一木支隊の他の部隊は、米軍施設を接収して使うことができなかった。そこにあるのは砲弾に粉砕された残骸だけだ。

島に上陸した七〇〇〇名あまりの将兵は、雨風を凌ぐこともできないでいた。しかも珊瑚礁の小島であり、現地の樹木を伐採して資源とすることもできない。

さすがに天幕はあるので、ある程度の将兵の居住区は確保できるが、全員分は無かった。

貨物船からプレハブの材料を降ろし、それらを組み立てるまで、将兵の住環境は劣悪なままであった。

それでもミッドウェー島には日章旗が掲げられ、島は日本軍のものとなった。

「浮上！」

ガトー級潜水艦であるキャンベルは深夜、浮上する。

「やっと干潮ですか」

航海長が時計を見ながら、艦橋の艦長に話しかける。

「いまのところ順調だな」

潜水艦キャンベルは満潮時のタイミングで、ミッドウェー島に接近し、水道につながる海域に魚雷発射管より機雷を敷設していた。

満潮時に接近し、敷設し、退避する。そして外洋で潜航し、時間まで待機する。

ミッドウェー島は地形的に海底山脈の山頂のような島であり、少し沖合になれば海底まではすぐに一〇〇〇メートル、二〇〇〇メートルになる。

「よし、砲戦準備！」

ガトー級潜水艦

艦長の命令一下、甲板上で水兵たちが主砲の準備にかかる。

ガトー級潜水艦は設計を固定し、量産を行うことが決められていたが、竣工後の改造が行われることもある。

キャンベルは、今回の作戦のために、主砲を一門ではなく、二門に増強されていた。

そして砲撃の準備が整うと潜水艦キャンベルから次々と砲撃が行われる。

もともとアメリカの領土であり、どこに何があるかはわかっている。日本軍の施設については推定しかできないが、地形から割り出せることはできるのだ。

砲撃は正しい場所に行われたのだろう。施設が燃えているらしく、島が潜水艦からは赤く燃えていた。

さすがにこの距離では、日本軍がどうなっているのかはわからない。偵察機を飛ばす試みもあったが、それは日本軍の戦闘機により撃墜されている。

撃墜されたということは、戦闘機程度を運用できるまでに滑走路が復旧したということだろう。ただ偵察機が出せない以上、それ以上のことはわからない。

潜水艦キャンベルが派遣されたのは、偵察のためだった。そして可能なら攻撃も仕掛け、敵の反応を見る。

砲撃はその一環だ。ただし何をどう攻撃するか、それは艦長の自由裁量とされた。

「そろそろ敵が動くはずだ、警戒を怠《おこた》るな！」

艦長の言葉に反応するかのように、掃海艇二隻が現れた。砲撃を仕掛けてこないのは、照準の関係か。

距離を狭めれば命中精度は上がるだろうが、それはできなかった。二隻の掃海艇の一隻が、水道で爆発する。敷設した機雷に接触したのだ。

干潮時であるから、航行可能な水道は限られる。それを見越しての機雷敷設であったが、見事に図に当たった。

後続の掃海艇も通常なら二キロの間隔を開けていただろう。しかし、緊急時であるため、先頭との距離は五〇〇メートルを切っていた。水道から出さえすれば、それはさほど問題にならなかっただろう。

だがこの時は違った。先頭の掃海艇が被雷したために停止、後続の掃海艇は回避することも停船することもできなかった。

　おそらく被雷だけなら先頭の哨戒艇も近場に座礁し、応急処置の上で、満潮になるのを待つような手は打てたかも知れない。

　しかし、ダメージは後続との衝突の方がむしろ大きかった。舷側に後続の艦首が突き刺さる形で二隻は接触し、先頭の掃海艇は衝突部からの浸水で沈没する。

　そして衝突した後続は、別の機雷と接触し、損傷した艦首部を切断することとなった。

　こうしてミッドウェー島と珊瑚礁の間の水道で二隻の掃海艇が沈没し、その残骸はほぼ水道を遮断する形となった。

　潜水艦キャンベルは、これらの哨戒艇にとどめの砲撃を加えた後に、再び潜航して現場を離れた。

　むろんミッドウェー島近海には潜み、この戦果の影響を観察するのだ。

　しかし、朝になり、昼になってもミッドウェー島の日本軍は動かない。一つにはどうやら自由になる船舶が少ないらしい。

　舟艇が何隻かと、あとは哨戒艇らしいのが二隻。それが島にある艦艇のすべてだ。確かにそれでは水道の掃海艇を除去することは難しいだろう。

　しかも哨戒艇の一隻は、自分達が敷設した機雷により、座礁してしまう。どうやら彼らは機雷を敷設されたのではなく、雷撃されたことで掃海艇が撃破されたと考えたらしい。

その判断は大間違いであったわけだが、結果として三隻の小艦艇を彼らは失った。

そして残りの一隻も三日後に沈む。深夜の砲撃を続けたことで、自分達を撃破しようと哨戒艇が出てきたのだ。

これは互いに砲撃となったが、最終的には潜航してからの雷撃が決め手となった。哨戒艇は沈んだ。

その後、司令部からは深夜の砲撃は止めて、一週間の監視が命じられた。日本軍はその間、警戒を密にしていたようだが、艦艇を欠いた状態ではほとんど意味がない。

そうしていると一週間後に、貨物船が現れた。補給のためだろう。

驚いたことに、貨物船には武装したボートのようなものが積まれていた。火砲はついていて、戦闘艦には違いないだろうが、艦艇と呼ぶのもおこがましいような船だ。

しかし、珊瑚礁のこの島での哨戒任務などでは、むしろ最適と言えるかも知れない。

だがやはり対潜能力は低かった。貨物船を雷撃したときも、その武装艇は何も出来ずに終わる。

こうして潜水艦キャンベルは、ミッドウェー島を後にした。

三章　ソロモン諸島

昭和一七（一九四二）年七月二七日。ミッドウェー海戦での損傷を修理した空母ホーネットは、最低数の護衛艦艇と共に、ラバウルに向かっていた。

すでにラバウル周辺には、潜水艦が配置され、日本軍の哨戒飛行のルートなどが調べられていた。

戦局が自分達に有利であるためか、ラバウルの日本海軍航空隊には、ある種の緊張感が欠けているようにマーク・A・ミッチャー大佐には思えた。

空母ホーネットは損傷修理の中で、最新鋭のレーダーを搭載しているため、必要以上の危険

ソロモン諸島

を冒さずにラバウル航空隊の状況は把握できた。

それでわかったのは、海軍航空隊の戦術面の柔軟性の欠如だ。機械的なトラブルか、天候の悪化で、常に出動時間は同じではなかったものの、哨戒飛行の時間は概ね同じである。

時間が違う場合でも、出動時間プラス何分という形で、定時でなければ遅れていた。その理由は何等かのトラブルと思われたが、一つ明らかなのは定時より早くなることはない。

マーク・ミッチャー

つまり哨戒飛行の時間は決まっており、アトランダムにはなっていない。だから自分達は時計を見れば、ラバウルに接近して良いか悪いかの判断がつく。
しかし、より不可解なのは、哨戒域のパターンが固定化していることだった。時間が正確で、航法が正確で、パターンが単調なら、時計を見ただけで、日本軍哨戒機の現在位置が割り出せる。
空母ホーネットがラバウル近海で活動しなが

ら、発見もされないのは、このパターンを会得していたためだ。

皮肉にも、時計のように正確なことが、日本海軍哨戒機の最大の欠点なのであった。

ミッチャー大佐は、空母ホーネットの艦長として、硬直化した哨戒飛行に感謝したいくらいなのだが、本当に感謝などはしない。

むろん常に日本海軍航空隊を回避できるわけではない。しかし、哨戒機は単独であり、レーダーで位置もわかる。だから戦闘機で奇襲をしかけることは可能だった。

太陽との位置関係から、捕捉されにくい位置で待ち伏せるなど、戦術は色々とある。

そうやって偵察に出た日本軍機は、二機程度であったが、気取られることなく撃墜に成功していた。

撃墜したことで日本軍の警戒が強まることはなかった。遭難とでも思われたのだろう。潜水艦からの攻撃の準備もほぼ整った。

こうして彼らは七月二七日を迎えた。まだ暗いうちに飛行甲板には、攻撃隊が並んでいる。

空母ホーネットの航空隊は四個中隊七九機の航空機より成り立っていた。第八戦闘機中隊の戦闘機二七機、第八爆撃中隊の急降下爆撃機一九機、第八哨戒中隊の急降下爆撃機一八機、そして第八雷撃中隊の雷撃機一五機である。

ミッチャー大佐は空母護衛のために戦闘機九機を残した他は、七〇機すべてを投入することに決めていた。

ラバウルは日本海軍の最大規模の要塞であり、

生半可《なまはんか》な戦力では結果を出すことは覚束《おぼつか》ない。

それと相手がラバウルであれば、攻撃は一撃離脱となる。二度三度の反復攻撃はできない。だから持てる戦力を可能な限り投入することになる。

「レーダーによると周辺に敵影はありません」

「よし、攻撃開始だ」

七〇機の戦爆連合[*1]がこうして出撃した。

驚くべきことに、昭和一七年七月の時点で、ラバウルの航空基地にはレーダーの類は設置されていなかった。

日本軍には試作品程度のものは存在したが、まだ実用段階には達していなかったのだ。

レーダーが無ければ聴音機になる。しかし、もともと大陸での使用を前提としており、南方の気候を想定していないため、十分な性能は発揮できないでいた。

このため対空防御は目視による監視に頼るよりなかった。

このようなラバウルに対し戦爆連合は三派に分かれてラバウルに接近して来た。先行隊は、SBD急降下爆撃機隊であり、迷うことなく地上待機中の戦闘機隊に対して爆撃を行った。

彼らは夜明けと共に東の空から接近して来た。太陽を背にしており、それを目視で発見するのは困難だった。

それは完全な奇襲となった。地上の零戦隊は全滅はしなかったものの、半数は地上破壊された。

残りの半数が出撃できなかったのは、SBD

＊1　攻撃機および爆撃機と、それらを護衛する戦闘機などによって編成された大編隊。

急降下爆撃機の外れた爆弾が滑走路に幾つものの孔を開けていたためだ。攻撃側の意図とは違ったかたちで、迎撃戦闘機は封じられたようなものだった。

地上破壊を試み、破壊できたのは一部で、ほとんどは滑走路の破壊に終わったのは陸攻隊も同様だった。

陸攻隊は、幸か不幸か機材の補充を待っている状況で、そもそも数が定数を大きく下回っていた。

だから爆弾の多くは、飛行機よりも滑走路をより多く破壊したことになる。それでも陸攻隊が出撃する状況だけは阻止できた。

もともとラバウルの滑走路は、アスファルト舗装するには広すぎて資材が不足し、補修物資も補給が追いつかない状況であり、色々と問題を抱えていた。

砂埃《すなぼこり》のために、出撃が遅れることも珍しくない。これに対して重油を撒《ま》いて砂埃が立たないようにするようなことも行われたが、効果は限定的だった。

問題の根本解決は滑走路の舗装だが、それが上手くいっていない。だからこそ、爆弾の孔程度でも、効果は大きかったのだ。

形はどうあれ、空母ホーネットの攻撃隊は制空権を確保した。このなかで雷撃隊が突入する。

この時、ラバウル湾内には、有力軍艦は、重巡洋艦鳥海《ちょうかい》しか在泊していなかった。

ラバウルそのものは航空要塞と言われている一方で、水上艦艇はあまりぱっとしない。鳥海以外は老朽《ろうきゅう》艦艇が多かった。

結果的に、雷撃隊は唯一の有力軍艦にその照準を定めた。

正直、この時の空母ホーネットの雷撃隊の命中率はさほど高いわけではなかった。しかし、有力軍艦一隻に多数の雷撃機が殺到すれば、命中する魚雷もでる。

じっさい三本の魚雷が重巡洋艦鳥海に命中する。

片舷に魚雷が集中したことと、まだ夜が明けたばかりで、鳥海の罐《かん》の火が落とされていたために、鳥海は十分な反撃もできなければ、応急のための動力も失っていた。

重巡鳥海は、こうしてほとんど為す術もなく撃沈されてしまう。他の艦艇も魚雷が命中したのは天龍や龍田などだが、それらは排水量の小ささもあって、やはり大破、着底してしまう。

他にも爆撃を受けた商船もあり、ラバウル港内は多数の船舶が沈められたり炎上したりしていた。

こうして空母ホーネットの奇襲は成功のうちに終わった。

昭和一七年七月末。軽巡洋艦長良は呉《くれ》海軍工《こう》廠《しょう》にて、造修を加えられていた。ミッドウェー海戦の反省から、主砲を撤去し、一二・七センチ連装高角砲に換装したのだ。さらに搭載水偵の数を、一機から二機に増大していた。

これだけ大きな改造が比較的短期間に終わったのは、五五〇〇トン軽巡の近代化が艦政本部内で一つの研究課題となっていたためだ。

元をただせば八八艦隊計画時代に構想されただけに軽巡であり、現代戦においては設計の古さは否めない。

しかし、軽巡洋艦部隊の主力であり、改修により現代的な軍艦に改造できるなら、戦力として期待できる。

少なくとも老朽艦として退役させるよりは、ずっと役に立つ。

ただすでに戦時下であり、改造は現実的な時間で有効なものとされた。主砲の換装は、正確には、換装というより旧式砲の撤去が中心であった。

そのため、火砲の砲数は連装砲なので増えているように見えて、砲塔の数は四基と激減していた。

ただ、だからこそ水偵を二機運用できるだけの空間ができたのだ。

航空兵装を増強するというのは、ミッドウェー海戦以降の海軍の基本方針だ。五五〇〇トン軽巡の艦載機を一機から二機にすることが、どこまで戦力強化につながるのかは疑問だが、ともかくそれが軍令部の方針だ。

嘘か本当か知らないが、五五〇〇トン軽巡を空母化するという案まであったらしい。主砲の換装も、正確には航空兵装増強の補助線のようなものだ。

しかし、和田砲術長としては、軽巡洋艦長良の主砲換装には、複雑な思いがある。いままであまり馴染みのなかった対空戦闘が中心となって行くことへの緊張感。

さらに水雷戦隊旗艦が平射中心の火砲から高角砲に切り替わることの意味。それは軽巡洋艦長良が、水雷戦隊旗艦ではなく、別の用途に用いられることを意味している。

そういう辞令がでたわけではないが、長良艦内では、そうした認識が一般的だった。それは水雷戦隊の在り方そのものとも関わる。

真珠湾で米海軍の主力艦が一航艦により多数撃沈されたことは、艦隊戦の在り方を根底から変えた。

それと同時に、水雷戦隊の存在意義も変わった。水雷戦隊が撃破すべき敵主力艦が真珠湾で失われたいま、自分達の主たる任務はどうなるのか？　じっさい水雷戦隊の任務は、敵の雷撃よりも船団の護衛や輸送任務が中心となりつつある。

長良の高角砲換装も、護衛という観点で考えた方が筋が通る。

「本艦は、ラバウルに向かう事になった。第八艦隊は将旗を長良に移す」

軽巡洋艦長良の直井俊夫《なおいとしお》艦長は、主だった幹部を作戦室に集め、そう述べた。

和田砲術長は、意外さを覚える反面、来るべきものが来たという思いもあった。

ラバウルの第八艦隊が将旗を長良に移すとは、つまりは艦隊旗艦は長良になる。それは水雷戦隊旗艦からの解放とも言える。同時に軽巡洋艦の旗艦を欠いた水雷戦隊が、新たな運用に従事することでもあった。

「第八艦隊の旗艦は鳥海では？」

副長の疑問に、直井艦長はやや厳しい表情で答えた。

「重巡鳥海は、数日前に行われた米空母による奇襲攻撃で撃沈された。長良はその代替となる」

「鳥海が沈められた……」

長良の幹部たちも、そのような事情は想像もしていなかった。そもそもラバウルに敵空母部隊が現れたことさえ聞いていない。

空母部隊が現れたから、高角砲に主砲を換装した長良が派遣される。それはそれで筋の通った話ではある。

「ラバウルでの我々の任務は？」

「任務か……取りあえずは、ラバウルの防空だろう」

直井艦長も、その辺については、あまり詳しい説明は受けていないようだった。というよりも、第八艦隊司令部自身も長良を求めているようではないらしい。

艦隊旗艦となる軍艦が早急に必要で、連合艦隊の中で、ラバウルに向けられる軍艦が長良であったということらしい。

「空母部隊の迎撃は？」

和田砲術長はその質問の返答はわかっていた。敵空母を撃滅できたなら、大本営海軍部が黙っているわけがないのだ。

じっさいラバウルの航空隊は空母を撃滅できていない。発見すらできていなかった。哨戒機が出せなかったためらしい。

「米豪遮断作戦はすでに始まっているが、米軍の本格的な反攻はない。

しかし、今回のような米空母のゲリラ戦は今後増加する可能性は否定できない。そのためにも第八艦隊の水上艦艇は早急に立て直さねばならんのだ」

「いっそ、例の幽霊戦艦を旗艦にしてはどうでしょうかね」

航海長は重い空気を変えようとしたのかも知れなかったが、それはあまり成功しなかった。

「幽霊戦艦とは、ミッドウェー島を砲撃したとか、空母ヨークタウンを沈めたとか言う戦艦のことか」

「……ええ、まぁ……」

「航海長、馬鹿なことを口にするのはやめたまえ。いい加減な話は、士気に関わる」

「申し訳ありません」


幽霊戦艦。それはミッドウェー海戦の調査過程の中で浮かび上がった謎であった。時系列から言えば、最初に幽霊戦艦と遭遇したのは伊号第一六六潜水艦であった。

同潜水艦の田中潜水艦長の報告によれば、日本軍の戦艦が空母ヨークタウンを撃沈したとある。

後に明らかになるが、伊号第一六六潜水艦は、事実関係の確認のために同海域に留まる中で、偶然漂流していた空母ヨークタウンの将兵を二名救助していた。

潜水艦という艦内容積の小さな艦船で救難を行うのは希なことだった。

にもかかわらず田中潜水艦長が漂流中の将兵二名を救助したのは、二名程度なら何とかなるということと、目の前で起きた異常な状況の証人が欲しいという意味合いがあった。撃沈された側の証言は、田中潜水艦長の証言の信憑《しんぴょう》性を高めるだろう。

しかし、じっさいのところ田中潜水艦長と捕虜の証言の信憑性が高ければ高いほど、連合艦隊司令部としては当惑するよりなかった。

事実として空母ヨークタウンは戦艦に沈められた。

米軍が同士討ちをするはずもないが、日本海軍で空母を撃沈した戦艦もない。あるいは状況的に重巡洋艦の誤認の可能性もあったが、むろんそんな巡洋艦はない。

問題をさらに難しくしているのは、目撃された戦艦に該当するものが現実に存在する事だ。

戦艦大和、それならば三連装砲塔三基の戦艦として日本海軍に存在する。しかし、戦艦大和は連合艦隊旗艦として行動しており、空母の砲撃などしていない。

話がこれだけなら、何かの誤認となるのだが、話はそういう形では収まらない。

ミッドウェー島の米軍捕虜たちが口を揃えて、戦艦による砲撃を証言したのだ。しかもそれもまた戦艦大和としか思えない戦艦であった。

捕虜の中には海岸の砲台近くで、確かに旭日旗を目撃したという者も複数いたのだ。大和でないとしても日本海軍艦艇であることは間違いない。

さらに驚くべきことは、空母ヨークタウンが撃沈された時間とミッドウェー島が砲撃された距離と時間差は、四時間ほどであるのだが、それは戦艦大和が最大戦速で移動すれば、移動可能なものだった。

「日本海軍には秘密の大和型戦艦が建造されているのではないか？」

そんなあり得ない仮説を口にする者さえ現れていた。

ともかく空母を沈め、島を砲撃した水上艦艇が存在した、それだけが動かしようのない事実であった。

だがその水上艦艇とは何者なのか？　あらゆる情報が、それは戦艦大和であることを示しているが、そんなことがあるはずがない。

結局この事は士気に関わるとして、箝口令《かんこうれい》が敷かれていた。しかし、人の口に戸は立てられない。箝口令が敷かれたからこそ、海軍将兵はその軍艦を「幽霊戦艦」と呼んでいたのだ。

「ラバウルには我々長良だけが向かうのですか？　駆逐隊は伴わないのですか？」

和田砲術長は場の空気を変えるためというより、むしろ自分の疑問を直井艦長に質した。

「一個駆逐隊以外は伴わないと聞いている。水雷戦隊として移動するのではないようだ」

「それは水雷戦隊の解隊ですか？」

それを質《ただ》したのは水雷長だ。和田砲術長には水雷長の気持ちがわかった。長良の主砲換装に和田砲術長以上に気をもんでいるのは、じつは水雷長だった。

砲塔は減ったと言っても単装から連装砲塔への換装で、砲身数は増えている。しかし、対空戦闘重視は水雷長には無視できない変更なのだ。

なぜなら平射専用の火砲搭載は、水雷戦隊が敵艦隊に肉薄する場合の露払いとして、敵駆逐艦などを砲火力で制圧する意図がある。さすがに五五〇〇トン軽巡の設計された八八艦隊時代と今日では、艦艇の発達もあり、火力制圧の役割は重巡洋艦にシフトしてはいる。

しかし、軽巡の火砲の意味が艦隊決戦時の肉薄攻撃を意図している点は変わらない。

それが一二・七センチの連装高角砲に換装となったなら、火力で敵艦隊を制圧するというような任務が中心でないのは明らかだ。

軽巡洋艦の性格が変わったということは、それが水雷戦隊旗艦を目的として建造された以上、水雷戦隊そのものの性格の変化を意味する。

そうでなくても艦隊内には、真珠湾以降、水雷戦隊による肉薄雷撃の必要性には疑問符が出されているのが現実だ。

そこで水雷戦隊旗艦であった軽巡長良がラバウルで第八艦隊旗艦となるなら、残された駆逐隊はどうなる？　という疑問が出るのは、ある意味で当然のことであった。

「水雷長の言う、水雷戦隊の解隊がどういう意味かにもよるが、何等かの改編は赤レンガでは検討されているらしい。詳細は小職にもわからない」

「改編ですか……」

水雷長はそれ以上の質問はしなかった。艦長がわからないと言っている以上、これ以上の質問は無意味だろう。

それに水雷長自身が、昨今の航空優位の趨勢《すうせい》から、水雷戦隊が従来のままでは生き残れないことは漠然と感じていたためだろう。

「幽霊戦艦とは、航空優位時代に現れた古い海軍の怨念《おんねん》なのか」

和田砲術長は、漠然とそんなことを思う。今日の空母主力・基地航空隊主力の航空戦の時代に、かつての花形の戦艦が火砲により空母を沈め、基地を破壊する。

それは戦艦という「思想」が世代交代を拒んでいる構図にも見える。そしてそれが旭日旗を掲げていた。和田砲術長は、そんなことを思い、何とも言えない悪寒を覚えた。

ウィリアム・ハルゼー中将は、空母ホーネットに将旗を掲げ、攻撃部隊の出撃準備をアイランドから眺めていた。

空母ホーネット、空母エンタープライズの空

ウィリアム・ハルゼー

母二隻を中心とする空母部隊と、輸送船団、護衛部隊、これらがガダルカナル島を目指している。

「ミッチャーは、いい仕事をしたようだ」

レーダー手からの敵影なしという報告に、ハルゼー長官は満足げな呟きを漏らす。

空母ホーネットによるラバウル奇襲攻撃は、意外な戦果をあげていた。重巡洋艦鳥海を沈めたことで、水上艦艇の活動は火が消えたように消極的となり、哨戒活動も不徹底だ。

ミッドウェー島を占領したものの、その維持に日本軍は四苦八苦しているとも聞く。それがラバウルの復旧を遅らせているらしい。

ミッドウェー島からハワイへの偵察は何度か行われていたが、半数は撃墜されていた。一度だけ、彼らによる爆撃が行われたが、ハワイ・ミッドウェー島間二四〇〇キロを往復するのは至難の業だったのか、一〇機ほどの爆撃機が、小さな爆弾を一〇個ほど投下して終わった。

損害らしい損害はなく、逆に半数の爆撃機が撃墜された。それ以降、日本軍は空襲を試みていない。

軍事的価値を言えば、日本軍がミッドウェー島を占領する事にどれほどの価値があるかは疑問である。

なるほど合衆国の威信は大きく傷ついた。しかし、それを具体的なメリットに結びつけられるかと言えば、それは別の話だ。

ミッドウェー島の日本軍は米海軍潜水艦により補給路を襲撃され、十分に活動できないという。

その兵站の負担が、ここにきてラバウルの部隊への復興の遅れにつながっている。特に重巡洋艦鳥海が沈められたにもかかわらず、代替艦が未だに来ていないことは、彼らの苦境を物語っていると言えよう。

とは言え、ハルゼー長官も、陸軍のダグラス・G・マッカーサー将軍が主張するラバウル進攻は、まだ時期尚早《しょうそう》と考えていた。

空母の小規模部隊だから奇襲も成功したが、ラバウル攻略部隊となれば相当の規模となり、奇襲はまず望めまい。

それにいくら日本海軍の哨戒機の運用が硬直的と言っても、大船団は、針路変更程度では隠せない。

奇襲でなければ強襲となるが、ラバウルの制空権を奪うためには、米空母部隊を危険に晒す必要がある。

空母を一隻も失わずにラバウルを占領するのは無理だろう。そして空母部隊を失ってラバウルを占領しても、日本海軍には大型空母はまだ四隻残っている。それらによりラバウルが奪還されては元も子もない。

日本海軍に知恵者がいれば、自分達米軍がミッドウェー島で行っているようにラバウル攻略部隊を孤立、遊軍化させ、米空母部隊がいない間に米豪遮断を進めることだってできるのだ。

「我々は我々がすべき仕事をするだけだ」

そうしている間に、空母艦載機の準備は整い、そして時間とともに出撃していった。昭和一七年八月七日未明のことだった。

米空母二隻から出撃した攻撃隊は、ツラギ島とガダルカナル島に向けて二派に分かれた。主目標は日本海軍設営隊が航空基地を建設しつつあるガダルカナル島。

ツラギ島はその側面を支援するための作戦だ。どの道、ツラギ島を放置したままではガダルカナル島の占領は確実なものとはならない。

攻撃はタイミングを見て行われる。航空隊が奇襲をかけてから、上陸部隊が占領する。だから第一団は徹底した空襲が行われる予定であった。

むろん攻撃はツラギ島とガダルカナル島の両方で同時だった。

しかし、ここでいささか米軍にとって予想外の事が起きた。ツラギ島には既に日本軍の実戦部隊が進駐していたが、ガダルカナル島は若干の陸戦隊を除けば、基地設営のための設営隊しかいない。

これもあって、敵襲をラバウルの第八艦隊司令部に報告できたのは、ツラギ島の基地だけで、ガダルカナル島は設営隊が攻撃に対して後退したために、無線連絡もできなかった。

このことは第八艦隊司令部の状況認識を著しく狂わせた。

「先のラバウルへのゲリラ攻撃といい、今回のツラギ奇襲といい、敵は空母によるゲリラ攻撃という心理戦を仕掛けている。

つまりそれは裏返せば、正面からぶつかることを避けているのである」

ツラギ島のほぼ隣にあるガダルカナル島に対して敵軍の攻撃はない。じっさいはないわけではなく、報告できなかっただけのことなのだが、第八艦隊司令部は、敵軍の攻撃はツラギ島のみ。

それはつまり威力偵察以上のものではないだろうと考えた。これは若干の願望もまざっている。

つまり重巡洋艦鳥海を失い、水上艦隊に関しては無力となった第八艦隊にとって、それらで出動する状況は避けたかったのである。避けたいというよりも、出動できる状況にないと言うほうがより正確か。

ここで司令部の判断は二派に分かれた。つまり至急ツラギ島の敵軍を航空隊で撃破せよという一派と、敵空母部隊が攻撃を仕掛けている以上、敵空母を撃破するチャンスであるという一派である。

過日の空母ホーネットの奇襲により、ラバウルの陸攻隊は、その戦力を半減させ、増援はまだ到着していない。

だから攻撃を加えるならば、ツラギ島か空母かの、いずれか一方だけしか仕掛けられない。両方は兵力分散にしかならないだろう。

「ツラギが威力偵察であるならば、敵空母部隊はすぐに撤退するはずだ。したがっていま為すべきは敵空母部隊の撃滅である」

三川軍一《みかわぐんいち》司令長官はそう決断した。そして陸攻隊を索敵に出した。ただし敵空母攻撃の戦力も確保しなければならないため、索敵は最低限度に絞られた。

こうした不十分な索敵が、ミッドウェー海戦の敗北につながったのであるが、そうした戦訓はまだ十分に海軍組織全体には共有されてはいなかった。

そして三川司令長官をはじめとする艦隊司令部幹部は、ガダルカナル島から何の報告も無いことから、敵空母はツラギ島南方にはおらず、その北東方面に展開しているものと判断した。

じっさいには米軍はガダルカナル島を攻撃しており、空母部隊はその南方に展開していたのだが、威力偵察という先入観とガダルカナル島の沈黙から、敵空母部隊の推定位置を大幅に誤る結果となった。

結果的に、ラバウルの陸攻隊はツラギ島の北方を重点的に捜索することとなり、ガダルカナル島の上空を飛行することもなかった。

こうして数時間が経過しても、陸攻はツラギが攻撃されているらしい黒煙などは確認できたが、敵空母を発見するには至らなかった。

そして敵空母への奇襲を意図していたために、あえてツラギ島上空を飛行することも避けていた。ラバウルからは何も飛び立っていないように振る舞ったのだ。

しかし、こうした処置は事態の進展の前にはことごとく裏目に出た。

定時報告も何も無いことに、ガダルカナル島の異変に第八艦隊の通信隊が気がついたのは八月八日。

空母部隊が発見されないことで、ツラギ攻撃が遅ればせながらも決定し、実行されたのも同日で、ツラギ攻撃隊は、ついでにガダルカナル島周辺の捜索を行うことになる。

このツラギ攻撃は、敵空母がいないという判断から、零戦による護衛なしで行われた。

これは油断とか驕《おご》りとも非難されるが、第八艦隊には彼らなりの言い分もある。

つまりラバウル・ツラギ間の距離を考えると、零戦の空戦時間は極《ご》く短い。それなら護衛をつけても燃料の無駄だろうという判断だ。

しかし、空母部隊は退去などしていない。陸攻隊は空母部隊のレーダーに捉えられ、待ち伏せされ、大敗した。

ただ陸攻隊による「F４F戦闘機の襲撃を受けた」という報告は、改めて対空母攻撃の準備を第八艦隊に促すことになる。

だがこの頃の第八艦隊は、徹底してツキに見放されていたと言えよう。

まずツラギ攻撃隊の大敗により、米空母部隊を攻撃する陸攻の数が、いよいよ払底していた。その数はわずか九機である。

もはや索敵を行える余裕もなく、爆弾を抱えながら攻撃隊が索敵するよりなかった。飛行艇が使えれば、状況は多少変化するが、その飛行艇基地が他ならぬツラギである。

そして、この方針が立った時点で午後も遅く、攻撃を仕掛ければ夜間飛行を避けられない状況だった。

「空母攻撃は未明に行う」

三川司令長官は、そう宣言する。しかし、これは致命的な判断ミスであった。米空母部隊の制空権下で、二〇隻の米輸送部隊は、七日から九日未明にかけて、搭載物資のほとんどを揚陸させてしまっていたからだ。

食料や医薬品、建設重機などである。さらに若干だがM3軽戦車の揚陸も行われていた。

こうして未明と共に九機の陸攻が、爆弾を搭載して出撃する。魚雷を搭載しないのは、水平爆撃の命中精度の問題と、空母なら飛行甲板の爆撃で対応できるとの判断だ。

しかし、いうまでもなくツラギ北方に敵空母部隊を発見する事はできなかった。彼らは燃料の限界まで索敵を行ったが、何も現れない。

そもそも敵空母がいるとしたら、自分達を攻撃してくるはずなのに、そういう徴候もない。

「全機、南下する！」

陸攻隊の隊長は、命令には違反するが、捜索範囲をツラギ島北方から、南方に切り替える。

そうしてガダルカナル島に部隊が向いたとき、彼らは眼下に二〇隻あまりの輸送船団を発見する。

船団の針路はどう考えても、ガダルカナル島から離れている方向を示している。つまり船団は物資の揚陸を終えたということだ。

ただ空母部隊の姿は見えない。物資の揚陸を終え、空母の護衛は移動したということか。

陸攻隊は燃料の問題もあり、この二〇隻の船団に対して、攻撃を仕掛ける。しかし、陸攻は九機であり、密集しては一隻しか攻撃できず、散開しての攻撃となった。

しかし、やはり九機が散開しての攻撃は効率はあまり良いものではなく、爆弾が命中した貨物船は三隻に留まった。

護衛の駆逐艦等からも反撃はされたが、そちらは致命傷になる事なく、攻撃はこれで終了した。

第八艦隊司令部は、陸攻隊の報告で、ようやく状況を把握した。ガダルカナル島が占領され、それを報告できる状況ではないことも。

しかし、第八艦隊に選択肢はなかった。水上艦艇は敵艦隊を攻撃できる状況にはなく、なおかつ敵部隊が物資の揚陸まで終わらせているなら、もはや自分たちにできる事はない。

唯一の選択肢が陸攻隊による攻撃だが、それも全兵力が九機であれば、帰還機を整備して再出撃するよりない。

戻って攻撃できるのは一回だけだ。すぐに基地の整備兵らに帰還機の迅速なる整備命令が下される。

「手持ちの兵力で、ガダルカナル島に砲撃を仕掛けるべきです」

重巡洋艦鳥海を失った第八艦隊には、駆逐艦や軽巡洋艦夕張《ゆうばり》程度の艦艇しかない。それでも砲撃は仕掛けられよう。

神重徳《かみしげのり》主席参謀の提案に従い、三川司令長官は軽巡洋艦夕張に将旗を掲げて出陣した。艦艇が強力とは言いがたい陣容であるため、砲撃の精度を高めるために航空機を活用することになった。

軽巡洋艦夕張でさえ水偵を搭載していないため、陸攻隊が上空で偵察を行うこととなった。

夕張

つまり八月一〇日の朝に陸攻隊が攻撃を仕掛けるときに、艦隊が砲撃を行うというわけである。

爆撃を終えた陸攻の一機が上空で艦隊の砲撃を支援する。それで十分と思われた。

三川司令長官としても、この程度の砲撃が敵にどれほどのダメージを与えられるのかには疑問があった。

しかし、第八艦隊司令部は、この時点でも米軍の侵攻を威力偵察程度と判断していた。それは船団二〇隻という報告からすれば、あり得ない判断ではあったが、先入観を覆すまでには至らなかったことになる。

こうして八月九日の午後に旗艦夕張を先頭に六隻あまりの艦隊は前進する。夕張の他は駆逐艦五隻。それが戦力としてすべてである。

　こうして八月一〇日の朝。

「前方より大型機が接近中！」

　見張員の報告に、三川司令長官はその意味がすぐにはわからなかった。

　時間的に自分らの上空を陸攻隊が通過する頃だ。ただし、それは後方から自分達を追い抜く形になるはずで、前方から接近はありえない。

　ただ前方から来るとすれば敵機であろうが、それは空母艦載機であるはずで、大型機であるはずがない。

　つまり見張員の報告は、方角か機種のいずれかが間違っているように三川司令長官には思われたのだ。

　しかし、見張員は間違っていなかった。再度、見張員が報告する。

「敵Ｂ17爆撃機！　一〇機、接近中！」

「Ｂ17だと！」

　三川司令長官他の第八艦隊司令部の人間達には、その報告はまさに青天の霹靂《へきれき》だった。

　エスプリットサント島からＢ17爆撃機がここまで攻撃に来られるはずもなく、来られたとしても、いまこのタイミングで自分達に向かって飛んでくるはずがない。

　唯一の可能性は一つ。このＢ17爆撃機隊はガダルカナル島から飛んできた。ということは潜水艦か何かで、自分達を発見したのだろう。

　じっさいはガダルカナル島に残された巡洋艦のレーダーが彼らを捉えたのだが、三川司令長官らがレーダーを知らないなら、潜水艦か何かで発見されたと判断するよりない。

対空戦闘がすぐに発令されたが、この時期、軽巡洋艦夕張は重量過多のため高角砲を降ろされて、対空火器は機銃しかない。

他の駆逐艦にしても、大同小異で、主砲での対空戦闘はほぼ期待できない。それでも各艦は、その機銃で激しくB17爆撃機隊に応戦した。

しかし、上空のB17爆撃機隊には、機銃のみの射撃はほとんど効果がなかった。そうしている間に、一〇機のB17爆撃機隊は次々と爆弾を投下する。

米陸軍航空隊は必ずしも対艦攻撃に長けているわけではなかった。しかし、ミッドウェー海戦以降、そうした訓練も行われていた。

このため旗艦夕張こそ、辛くも被弾を回避できたが、他の五隻の駆逐艦は、三隻が爆弾を受けてしまった。

さすがに命中弾は一発で、それで轟沈するには至らない。しかし、駆逐艦程度の艦艇にとって一〇〇〇ポンド爆弾の直撃は決して小さな損傷ではなかった。

自力航行こそ可能であるものの、三隻共に戦闘力は失っていた。爆弾の投下を終え、B17爆撃機隊は帰還し、大破した駆逐艦三隻が残る。

三川司令長官は、ここでガダルカナル島砲撃を中止することとし、陸攻隊にも帰還を促した。

重爆が飛んでくるなら、戦闘機も飛んでくるだろう。そうなれば護衛なしの陸攻隊は全滅だ。

いま唯一の戦力らしい戦力である陸攻隊を失うわけにはいかない。再度攻撃するにしても、戦闘機隊の護衛が必要だ。

　こうして陸攻隊は、急遽、ラバウルへの帰還を命じられた。軽巡洋艦夕張も反転する。再びB17爆撃機隊の攻撃を受けたなら、今度は夕張が撃沈されないとも限らない。

「これはえらいことだぞ」

　三川軍一司令長官は、ここに至って、ようやく事態の深刻さを理解した。


　昭和一七年八月中旬。軽巡洋艦長良は呉海軍工廠での修理を終えたとき、意外な戦闘序列を命じられる。

　第八艦隊旗艦となることは変わらないものの、その前に船団護衛のためにミッドウェー島に向かうこととなったのだ。

　潜水艦出没の噂に直井艦長は、艦載機による事前哨戒を綿密に行い、敵潜水艦への牽制を行った。

　潜水艦と言っても、この時代の潜水艦はほとんどの時間は浮上している。そうしなければ速力が出せない。

　だから飛行機で潜水艦が浮上できないようにその頭を抑えれば、潜航中の潜水艦は船団に近づくことができず、襲撃できないのである。少なくとも、船団は潜水艦が潜む海域を避けられる。

　そして警護すべき船団が行っていた作業は、直井艦長や和田砲術長には意外なものだった。

「舟艇隊、移動しています」

＊1　大日本帝国陸軍の上陸用舟艇。海軍でも多数、運用された。

「そうか」

見張員の報告に、直井艦長はそう呟く。それはガダルカナル島から移動する大発動艇[*1]の群れである。

「やはり撤退するのですか、艦長？」

ミッドウェー島からの撤退。それは任務内容としては報されていたが、長良の幹部たちは半信半疑であった。

ミッドウェー海戦が六月頭、それを八月中には兵力を撤退させようというのである。

「正確には撤退ではない。陸軍部隊の移動だ。ミッドウェー島には海軍陸戦隊は残ることになる。つまり、海軍のみが管理する」

直井艦長はそう説明するも、艦長自身がその話に納得しているように見えなかった。じっさい呉海軍工廠でも色々な噂は耳にする。

一番はミッドウェー島への船団護衛に赴《おもむ》いた駆逐艦が雷撃されて、艦首切断の状態で呉海軍工廠に入渠《にゅうきょ》したときだ。

駆逐艦の乗員達は、半分は死を覚悟していたこともあって饒舌《じょうぜつ》だった。死を覚悟していたのは、命中魚雷二発の内、遅れて命中した魚雷が不発のまま、艦中央に突き刺さっていたためだ。

駆逐艦の工作員が魚雷に不用意な動揺を与えないように、命中した船室をあえて水没状態にするなど、さまざまな工夫が行われたのだ。

「爆弾を抱えている」という言い回しがあるが、この時の駆逐艦がまさにそれ。呉海軍工廠に入渠前に、まず外洋で工作艦が米海軍魚雷を引き抜き、孔をケーソンで塞《ふさ》ぐ工作が必要だった。

魚雷そのものは、呉海軍工廠魚雷部で慎重に解体されたが、工作艦が離れるまで駆逐艦の乗員達は生きた心地がしなかったという。

だから誰彼かまわずに、自分らの体験を口にした。本来なら防諜《ぼうちょう》を指導すべき幹部たちからしてそうなのだから、どうにもならない。

ともかくこれにより、ミッドウェー島への補給が何度となく米潜水艦により襲撃されていることや、深夜に潜水艦からの砲撃を受けていることなどが明らかになる。

また駆逐艦には衛戍《えいじゅ》病院へ輸送する陸軍将兵も若干乗っており、そこからも色々な状況が伝わってきた。

一木支隊が上陸したとき、島の米軍部隊は、徹底して破壊された施設の残骸の中で震えていた。

それは新聞などでも大々的に報道されたので、呉海軍工廠でも知らぬ者はいない。だがこの話には続きがあった。

一木支隊他の日本陸海軍部隊は、ある程度はミッドウェー島の基地施設をそのまま使うつもりだった。

だが使用可能な施設は一つとして残っていない。わずかばかりの灌木《かんぼく》も砲撃で噴き飛ばされ、樹木を伐採《ばっさい》して施設を建設することもできない。

プレハブ式の建屋は幾つか運んでいたが、将兵全員を収容するほどはない。結果として陸海軍将兵はマラリアや赤痢《せきり》に罹患《りかん》することこそなかったものの、決して健康状態は良好とは言いがたい。

何より飲料水の欠乏は深刻だった。上水道施設も完膚無きまでに破壊されていたためだ。

ミッドウェー島からハワイを偵察するという任務も現実にはほとんど成功していない。果たしてミッドウェー島を維持する必要があるのか？　そういう声は呉鎮守府《ちんじゅふ》内で囁《ささや》かれていたのである。

「一木支隊の移動と我々がそれを護衛するのはわかりますが、どこまで護衛するのですか？　我々はそのままラバウルに向かう事になってますが？」

和田砲術長の質問に、直井艦長は声を潜める。

「ラバウルだ」

「はっ？」

「だから一木支隊はラバウルに向かう。そこで部隊を再編し、ガダルカナル島に向かうそうだ」

「つまり我々は一木支隊をそのままラバウルまで警護すると？」

「そうなる。部隊の移動は軍機であるため、相手が貴官らでも必要がない限り説明不要といわれていたのだ。馬鹿げた命令だがな」

護衛対象の船団がラバウルまで一緒なら、一木支隊がどこに向かうかは自動的にわかる。逆に日本に寄港せずに航行する艦隊から、どんな情報が漏れるのかという話でもある。

結局、機密という話になれば、どんな馬鹿げた事実がおきても通ってしまうのだ。

ただ一木支隊がラバウル経由でガダルカナル島に向かうというのは和田砲術長も理解できる気はした。

噂が本当なら、ミッドウェー島の一木支隊は完全な遊兵ということになる。陸軍とて精鋭を無為《むい》に消耗させたくはないだろう。

海軍との関係で陸軍部隊を出さねばならないなら、遊兵状態の一木支隊をガダルカナル島に振り向けるのが合理的となるだろう。

「航路は日本ではなくラバウルに向ける。敵潜の裏をかくのだ」

直井艦長の言葉は、和田砲術長には、自分自身に言い聞かせているようにも聞こえた。

一木支隊がミッドウェー島から動き出そうというとき、第五航空戦隊の原忠一《はらちゅういち》司令官も出撃準備に忙殺されていた。

「ガダルカナル島に四発重爆の基地が建設されていただと……」

八艦隊は何をしていたのか？　と言う言葉を原司令官は何とか飲み込んだ。

出撃命令は命令だから従うが、そこに至る話は呆れるよりない。ツラギ島の攻撃しか考えず、ガダルカナル島の敵軍上陸には気がつかず、建設中の基地は奪われ、B17重爆撃機に艦隊が攻撃されるまで、その存在にも気がつかない。

原司令官としては、それはどう考えても怠慢にしか思えない。しかも、八艦隊の怠慢のツケを払わされるのは自分達だ。

敵重爆基地を五航戦で撃破しろ。腹が立つのは、八艦隊だけでなく、連合艦隊司令部に対してもだ。

空母部隊の再編中なのはわからないでもないが、敵重爆基地を叩くのに、投入戦力は五航戦だけだ。二航戦や空母飛鷹《ひよう》・隼鷹《じゅんよう》の三航戦は参加しない。

羹《あつもの》に懲《こ》りてなんとやらなのか、ガダルカナル島攻撃は空母二隻で行われる。これがガダルカナル島だけであるなら、まだ話はわからなくはない。

しかし、八艦隊によれば、敵空母も活動していたというではないか。そもそも重巡洋艦鳥海を撃沈されたのは、敵空母部隊の奇襲故ではなかったのか？　なるほど八艦隊は敵空母はいないという。だがガダルカナル島の重爆基地もわからず、あまつさえ自身も奇襲を受けるような連中の「敵空母はいない」という話ほど信用できないものはない。

「あんな胡乱《うろん》なものに頼るしかないのか」

原司令官は旗艦である空母翔鶴《しょうかく》のアイランドの上にある、餅網のようなアンテナを見る。

それは技研が開発した対空見張用電波探信儀という装置らしい。

ミッドウェー作戦では、戦艦日向《ひゅうが》に装備され、濃霧の中で友軍の航行に寄与したという装置だ。

これさえ装備されていたら、空母加賀や赤城の喪失はなかったはず、そんな話を技研の技術者はしていた。

空母にこうした電波探信儀が積極的に導入されたのは、二航戦の空母蒼龍の柳本柳作《やなもとりゅうさく》艦長の働きによるらしい。

ミッドウェー島の戦場の現場と空母二隻の沈

没を目にした人の言葉だけに、その説得力は小さくない。

海軍も「空母の不沈化」の一環としてかつて無いほど力を入れていた。すでに海軍の真空管は代用部品の使用が増えていたが、電波探信儀に関しては、貴重な銅やニッケルが供給されているというほどだ。

そうは言っても、原司令官としてみれば、柳本大佐の見識《けんしき》と人間性は信用するとしても、電波探信儀という馴染みのない装置に五航戦の運命を委《ゆだ》ねるというのは落ち着かない。

いっそこの作戦には五航戦ではなく、二航戦を出せばいいじゃないかと思うほどだ。

「左舷一〇度、距離二五〇〇〇に反応あり！」

司令塔のスピーカーが叫ぶ。すぐに有馬艦長が電話機を取り、電波探信儀に問い合わせると、艦攻を出撃させる。

「艦長、艦攻なのか？　敵機なら艦戦ではないのか？」

それに対して有馬艦長は「電探が捉えたのは敵潜の可能性があります」と答えた。

「敵潜？　敵機だけではないのか？」

「敵機が主目的の装置ですが、条件が良ければ、敵艦の察知も可能なようです。電波の反射を利用するので」

「そういうものなのか……」

そうしてしばらくして、艦長に電話報告がはいる。

「司令官、艦攻が敵潜に爆弾を投下したそうです。海面は激しく泡立ち、大量の重油が浮いています。撃沈確実とか」

「敵潜を仕留めたのか……電探が？」

「いえ、艦攻ですが」

「いや、わかるがな」

原司令官にとって、それは確かに朗報だった。

電波探信儀という胡乱な装置は、どうしてどうしてなかなか使える機械ではないか。これがあれば、ミッドウェー海戦で空母赤城や加賀が被ったような奇襲攻撃の被害は回避できる。

敵の夜襲も怖くないだろう。そう、奇襲は空母翔鶴には通用しない。

「この作戦、なかなか面白いことになるやもしれん」

原司令官は、はじめて勝利の確信をいだける気がした。

四章　ガダルカナル島上陸

「日本軍の空母部隊がやってくるのか？」

チェスター・ニミッツ米太平洋艦隊司令長官が、情報参謀であるエドウィン・レイトン中佐の訪問を受けたのは深夜だった。

どんな時間でも執務室に入ることをレイトン情報参謀に許可しているのは自分であるから文句は言えない。

とは言え、そろそろ休もうと思っていた時の来訪である。つまらない用件ならただではおかないと思うが、言うまでもなく彼がこんな時に来るというのはつまらない用件であった試しはないのだ。

「ガダルカナル島に日本軍空母部隊が向かっているようです。おそらく五航戦が」

ニミッツ司令長官の考えを言えば、「やっと出てきたか」となろう。彼に限らず米太平洋艦隊司令部の分析としては、ガダルカナル島を襲撃すれば、必ず空母部隊が出るはずだからだ。

ガダルカナル島上陸には、敵の米豪遮断作戦を阻止すると共に、日本海軍空母部隊を誘《おび》き寄せ、撃破するという意図もあった。

島嶼《とうしょ》の基地を不沈空母として、敵空母を沈める。いわゆるミッドウェーモデルの再現である。

ところが予想に反して日本軍空母部隊の動きは鈍かった。

「ラバウルへの奇襲攻撃で、重巡洋艦鳥海を撃沈したことが、予想以上に日本軍を慎重にしてしまったようです。

と同時に敵は我々の意図を、どうやら決定的に読み誤ってもいるようです」

それがレイトン情報参謀らの分析だった。もともと米海兵隊の上陸を安全に行うための空母による奇襲攻撃であったのだが、どうもそれが

チェスター・ニミッツ

想定していない影響を与えたらしい。

通信傍受や通信頻度を分析していたレイトン傘下の暗号解読班の面々は、その断片的な通信内容と通信相手、通信頻度《ひんど》から、信じ難い結論を出していた。

「ラバウルの日本軍は、我々はツラギのみを攻撃し、ガダルカナル島への攻撃を知らないようです。

結果として、ツラギ島の攻撃は、先のラバウルへの奇襲攻撃と同様の威力偵察と判断され、日本軍の危機感は薄い。

さらに重巡洋艦鳥海が沈められたため、なおさら積極的に動くという動機が低い。増援を待ってからでも遅くはない、そういうことです」

さすがにガダルカナル島から何も言って来な

いことと、偵察機が撃墜されることなどから、ようやく第八艦隊も動き出していたが、それは空母部隊を誘い出すという当初の目的からはかけ離れたものだった。

一時は日本海軍にとって、ガダルカナル島の価値はその程度のものだったのか？　とさえ考えたニミッツ司令長官である。

しかし、どうやら日本海軍は本格的に動いてくれるようだと、彼は思った。

「それで五航戦は何をする？　ガダルカナル島の基地の攻撃だけか？」

「作戦計画書が手に入ったわけではないのですが、興味深い動きがあります。

まずガダルカナル島奪還のための戦力は一木大佐の部隊です」

「一木大佐……どこかで聞いた覚えがあるが」

「ミッドウェー島を占領した陸軍部隊の指揮官です。つまり日本軍はミッドウェー島から陸軍部隊をガダルカナル島へ転戦させようとしています」

「……それはミッドウェー島を日本軍が放棄しようとしているということか？」

「公式には放棄するとは言わないでしょうが、理《り》には適《かな》った行為です。島を占領しても戦略的には何の足しにもなりません。

しかも我が軍の潜水艦部隊により、補給は非常に厳しくなっている。大部隊を維持することは、日本軍にとって大きな負担なのは間違いない。

そして日本陸軍は太平洋戦域に必要以上に兵

力を投入したくない。彼らの視線の先には我々ではなく、ソ連軍がいる。

陸軍としては精鋭部隊を遊兵化はしたくないはずです」

「しかし、一木支隊の戦力は二〇〇〇名前後という報告を受けていたはずだが、日本軍は本気でそれで島の奪還を考えているのか？　我々の総兵力はすでに一万を超えるぞ」

「それなんですが、日本軍はどうもガダルカナル島の総兵力をかなり過小に評価していると信じられる徴候があります。

まぁ、それはコインの裏表で、常識で考えれば、あの程度の島の占領なら投入戦力は五〇〇〇もあれば、おつりが来る。

空母を投入し、制空権を確保すれば、奪還は可能という計算かも知れません。

陸海軍を問わず、日本の軍官僚は数字に秀《ひい》でています。過剰な兵力投入は行わず、必要最低限度の兵力しか投入しようとしない。常に最適な兵力で臨む。さすがに一木大佐の部隊にプラス・アルファはあるでしょうが、倍の兵力が投入されることはないはずです」

「兵力の最適化か。最初の見積もりが狂っていたら、余裕もなく、一気に兵力の逐次《ちくじ》投入に堕《だ》してしまうな。まぁ、敵の弱点は我々にはありがたいことだ」

「じっさい彼らは二航戦と五航戦の空母四隻も投入可能なはずですが、二隻しか投入しないようです。これもまた戦力の最適化でしょう」

「それで現状はどうか？」

「空母ホーネットとサラトガが使えます。エンタープライズは、ミッドウェー島への奇襲任務のために、今回は間に合わないでしょう」

「空母戦力は二対二、ただし我々にはガダルカナル島の基地航空隊が使える。ならば戦力は二対三か。圧倒的に有利だな。

しかし、ガダルカナル島の基地が使えることはすでにわかっているだろうに、日本軍はなぜ空母二隻で来るのだ？」

「それは何ともわかりかねます。仮説は幾つも考えられますが……裏付けがない」

「仮説でいいから聞かせてくれ」

「単純なのは、彼らがラバウルの航空基地も戦力としてカウントしている場合です。それだと三対三の戦力で互角です。

勝っている時の日本人は傲慢《ごうまん》になりがちですから、戦力が互角なら自分達が勝つと考えているのでしょう。まぁ、彼らが余裕がないまま戦力を過度に最適化するのも、多分にこの驕りやすい性癖にあるようです」

「貴官が日本で生活していたときも、そうだったのか？」

「庶民レベルでは愛すべき人達ですよ。最適化とは生活が質素とも言い換えられますから。問題は、そういう庶民感覚で戦争指導を行うことの適否です」

「辛辣《しんらつ》だな」

「敵国ですから」

「それで、他の仮説は？」

「二航戦の造修スケジュールが決まっているか

ら」

「なぜ、それが理由になる。大破しているならともかく、定期整備ならなんとでもなるだろう。沈められたが、空母ヨークタウンなんか、大破しても出撃したぞ」

「我が国ではそうですが、日本海軍では、そういうスケジュールを変更することが非常に嫌われるんです。何月何日に何をする、それを決めたら変更は認めない。結果として造修スケジュールが決められたら、変更しません」

「そんな小役人みたいな」

「小職が見たところ、日本軍には武人と官僚しかいないと思って、ほぼ間違いないです」

「なら、山本五十六《いそろく》はどちらだ？　武人か？　それとも軍官僚なのか？」

「あぁ、彼はやや特殊です。興味深い人物ですよ。彼は武人でも官僚でもない」

「ならなんだ？」

「政治家です」

昭和一七（一九四二）年八月二九日。

ガダルカナル島奪還部隊は二つの部隊より成り立っていた。

一つは、歩兵第二八連隊に砲兵等を増強した独立混成旅団——とは言え機械化部隊ではない。あくまでも諸兵科連合部隊——を輸送する船団とその護衛部隊。これが攻略部隊。

もう一つが、その攻略部隊を護衛する五航戦を中核とする空母部隊である。

攻略部隊と空母部隊は別々の航路を移動していた。攻略部隊の隣に空母部隊がいてもあまり意味がないからだ。重要なのは攻略部隊の船団が、五航戦の制空権下にあることなのである。

攻略部隊には第八艦隊旗艦長良も含まれていたが、三川司令長官は座乗せず、直井艦長が攻略部隊の指揮官を命じられていた。

第八艦隊の認識としては、対空戦闘力の高い巡洋艦が貨物船団の護衛に当たることは合理的と考えていた。

ただ、貨物船の護衛部隊を艦隊司令長官が陣頭指揮に当たるほどの任務とは、考えられていなかった。

部隊の格から言えば、空母部隊が上であるが、三川司令長官も、自分が航空戦には素人という自覚はある。

だから空母部隊の指揮を執らないからには、護衛部隊の指揮も執らないことになるのであった。

「敵機を撃墜できたのか」

原司令官は、作戦を進める中で、電波探信儀(電探)という装置の価値を日々感じるようになっていた。

電探が敵の哨戒機らしい機影を捉えるたびに、出撃し、撃墜できたためだ。それはどれも飛行艇だったが、敵に発見されないことの意味は重要だ。

撃墜は二回だけだが、敵軍は哨戒機が行方不明になった辺りを重点的に捜索するため、空母部隊に哨戒の中心が移り、攻略部隊の船団への哨戒網が薄くなっていた。

　とは言え、楽観はできないことはわかっていた。目的地がガダルカナル島である以上、接近すればいつかはわかるのだ。さらにガダルカナル島に接近すれば、こんどはB17爆撃機と遭遇することになるだろう。

　その意味でより重要だったのは、潜水艦を捕捉撃沈――本当に撃沈したのかどうかまでは潜水艦なので確認できていないが――できたことだろう。

　対空見張とは言いながらも、搭載電探は、条件に恵まれたなら艦艇の所在もわかるし、浮上中の潜水艦を察知することもできた。

　それは偶然と幸運の産物かも知れないが、重要なのは察知できたことと、反撃可能であったことだ。

　夜間であれば浮上しても発見されないと潜水艦側は考えていたらしい。それは普通なら間違いない。

　しかし、該当海域で潜水艦の航跡は夜光虫のために浮き上がっていた。夜光虫の光など蝋燭の炎にも満たないわずかなものだが、それでも深夜の海では、航跡は明らかだ。

　その航跡を頼りに潜水艦の後ろから接近する。後方からの接近だから、相対速度差も小さい。そうして急降下爆撃を行い、潜水艦は沈んだ。

　爆弾が直撃したのかどうか、それは原司令官にもわからない。艦爆乗りであっても、戦果確認は難しい。

　しかし、電探から潜水艦の反応は消え、二度と探知されることはなかった。そして敵からの積極的な接触もないというのは、撃沈と判断しても間違いなかろう。

そうしてガダルカナル島への奇襲攻撃前、護衛隊と行動を共にする軽巡洋艦長良から水偵が発進する。部隊の位置は異なるが、それは空母部隊の所在を知られないという事でもある。それに目的地であるガダルカナル島には近いのだから、偵察の結果はどちらの部隊にとっても有効である。

しかし、長良から二機の水偵が発艦して一時間としないうちに、空母翔鶴の電探が大型機の接近を察知する。

すぐに迎撃戦闘機を発艦させるが、このときは勝手が違った。

敵機を発見した時点で、五航戦はそれがB17爆撃機と判断していた。前回の海戦では、第八艦隊はガダルカナル島のB17爆撃機隊に煮え湯を飲まされていたからだ。

ところが、電探がこの時察知したのは、陸軍航空隊のB17爆撃機ではなく、海軍航空隊のカタリナ飛行艇だった。

日本海軍関係者はすでにガダルカナル島しか眼中に無かったが、もともとツラギは飛行艇基地であり、そこは連合軍に奪還されているのである。

タイミングが長良の水偵発進と時間的に付合したため、その水偵が発見され、B17爆撃機が出動したと思われたが、事実は偶然である。

強いて言えば、未明に出撃して朝を迎える時

PBY カタリナ（カタリナ飛行艇）

艦艇に敵味方とも偵察機を出したという、時間的な付合があったのだ。

　雲量が多かったこともあり、カタリナ飛行艇は低空を飛行していたが、零戦隊はB17爆撃機の飛行高度よりも高い位置に遷移《せんい》して、襲撃体勢を整えた。

　しかし、電探が指示した場所には雲しか無い。重爆がいれば雲を背景に姿が見えるという目算は狂った。

　その間にカタリナ飛行艇は空母部隊に接近した。

　未明であり、深夜よりは明るいが、夜は夜だ。飛行艇と空母は、互いの存在を比較的近距離で発見する。

　結局は、カタリナ飛行艇は別の零戦に撃墜される。しかし、攻略部隊よりも先に空母部隊が発見されてしまった。

「攻撃を前倒しするかどうするか……」

原司令官は悩む。空母部隊の位置を知ったら敵はB17爆撃機隊を差し向けるだろう。いまからでは重爆を奇襲し、地上破壊することは不可能だ。

ならば敵部隊を迎え撃ち、その後に強襲すべきではないのか？　B17爆撃機隊がこちらに向かうなら、攻略部隊を襲撃する戦力もいなくなるだろう。

逆に攻撃を前倒しするという方法もある。敵B17爆撃機隊が出動する前に、こちらが奇襲を仕掛けるわけだ。敵軍とて出撃までにそれなりの時間が必要だろうから。

しかし、冷静に考えれば、前倒しはリスクが高い。すでに敵が自分達の存在を知った以上、時間的余裕はないだろう。

ただ原司令官としては、敵襲を待つという立場は辛いものがあった。それは主導権が敵にあるように感じられるからだ。

とは言え、気持ちだけで部隊の采配《さいはい》は振るえない。

「戦闘機隊は出撃準備を整えよ」

それがいまは最善の策と原司令官には思われた。

だがなぜかB17爆撃機隊は五航戦の前になかなか現れなかった。

「やっと現れてくれたか」

ハルゼー長官は、旗艦空母ホーネットで、通信参謀よりその報告を受け取った。カタリナ飛行艇が空母二隻を擁する艦隊を発見。それは空母瑞鶴《ずいかく》・翔鶴《しょうかく》であり、第五航空戦隊に間違いない。

残念ながらカタリナ飛行艇は生還できなかった。ハルゼー長官はそのことも含め、この空母部隊の撃滅を誓う。

「位置的に、敵部隊の攻撃隊を発見できるのは、一時間後になります」

ハルゼー長官にとっては、それは願ってもないタイミングであった。

カタリナ飛行艇の通信は、ガダルカナル島でも傍受されているはずだ。そういう作戦計画の流れなのだから。

まずB17爆撃機隊がガダルカナル島から出撃する。そして彼らが五航戦を爆撃する。

とは言え、ハルゼー長官は、陸軍航空隊に戦果を奪われるというような心配はしていない。彼らの技量を信じていないからだ。

現実を見ればわかる。あのミッドウェー海戦で加賀と赤城を沈めたのは空母航空隊で、ミッドウェー島のB17爆撃機隊ではない。

むろんハルゼー長官も、彼らを馬鹿にするつもりはない。陸軍航空隊の奮戦は彼も知っている。ただ敢闘《かんとう》精神と戦果は別ということだ。

それにハルゼー長官は、陸軍航空隊が無駄とは思っていない。ミッドウェー海戦でも、B17爆撃機隊は空母を沈めはしなかったが、彼らが執拗に攻撃を仕掛けたことで、敵は大混乱に陥り、空母部隊の攻撃を成功させるチャンスを作り出した。

今回も同じだ。Ｂ17爆撃機隊が日本空母部隊を襲撃し、敵の防空体制が混乱しているときにホーネットとサラトガの航空隊が殺到する。

それで五航戦は全滅だろう。

「ガダルカナル島からの報告はまだか？」

ハルゼー長官は司令塔の時計を見て不審な表情を浮かべる。すでにＢ17爆撃隊がガダルカナル島を出撃しているはずなのだが、何の連絡も無い。

陸海軍の連絡の悪さと言えば、それまでだし、何にせよ自分達は出撃する。それでも確認する必要はあるだろう。攻撃のタイミングが重要なのだ。

「ガダルカナル島と連絡がつきません」

通信参謀は当惑げに報告する。

「我々の無線装置の問題では無く、あちら側の問題と思われます」

「無線の故障か、この大事なときに」

そう、確かに大事なときだった。

ガダルカナル島には、この時、エスプリットサント島から移動した増援も含め二四機のＢ17爆撃機隊がいた。

それらは爆装し、カタリナ飛行艇からの報告を待っていた。まだ夜は明けていないが、空は明るくなりつつある。

薄明かりの中で、滑走路では出撃準備に余念が無い。潜水艦が消息を絶ち、哨戒機が撃墜され、日本軍の侵攻は疑う余地はなかったからだ。

「前方にスコールがあるようです」

気象観測班が航空隊の指揮官に報告する。レーダーが巨大な壁のようなものを捉えたというのだ。

彼は副官に命じて気象観測班の人間と共に、ジープを海岸まで走らせる。レーダーだけでは気象状況はわからない。目視確認が必要だ。

B17爆撃機が大型と言っても飛行機としては大きいというだけで、大自然の中では芥子粒《けしつぶ》のような存在だ。

それだけに気象は重要だ。場合によっては、飛行ルートの変更も考えねばならない。時には爆弾を減らさねばならないことも起こるのだ。

「スコールなのか、あれは？」

海岸が一望できる場所で、副官と気象観測員は、顔を見合わせた。

スコールならば、雲が広がり、雨が降って、まるで雨の柱のようなものが見えるはずだ。

しかし、彼らの目の前に広がっているのは、それとは違う。一言でいえばドームだ。白いドーム状の雲が広がっている。

しかも、スコールなら海面付近も見えないはずだが、そのドームは海面付近だけが透明だった。

しかし、それは不思議な光景であった。まだ周囲は暗いのに、ドームの下だけは明るい。それはそこの海面だけがはっきり見えることでもわかる。この光はどこから来るのか？　それを言えば、スコールらしくドーム自体も、薄暗い中で白い燐光《りんこう》を放っているように見える。

「どういうことだ？」

「雲の中で雷光が光っているなら、あるいはこのような現象もあるかと……」

そういう気象観測員の口調にも当惑の色は隠せない。

「雷というなら、雷鳴が聞こえないのはどうしてだ？」

「光の速度と音速の差のせいではないかと……」

彼がそう言ったとき、雷鳴のような音が轟く。ある部分、彼らはこれが雷で説明できる理解可能な現象であることに安堵《あんど》した。

だがすぐに背後からも雷鳴のような音が轟く。それは軍人なら誰もが知っている音、爆発音に思われた。

ドームが明るくなると、内部の霧が晴れてくる。そしてそこに、巨大な戦艦の姿が見えた。

ドームの明るさは、砲口炎によるものだったらしい。それだけ常識外れの規模で砲撃は為されている。

そしてその砲弾は、B17爆撃機隊の出撃準備が整う、滑走路から聞こえている。

「奇襲だ！　レーダーは何をしている！」

レーダーは確かに異変は察知していた。戦艦ではなく、壁の接近として。

副官は双眼鏡で戦艦を確認する。甲板の上には誰もいない。そしてその戦艦は、明らかに激しい戦火に曝《さら》された跡がある。どこかの海戦を経てここに来たのは間違いない。

それは壁の塗装でわかる。灰色と赤いコントラスト。それは最初迷彩《めいさい》かと思われたが、すぐに彼は間違いに気がつく。

灰色が本当の色で、赤いのは鮮血の痕跡だ。死体は片付けられたが、血を洗い流すことまではできていないのだろう。

そして予想されたことだが、その戦艦は日本海軍のものだった。ただし彼の知識では、そんな戦艦は日本には無いはずだった。単に彼が知らないだけかも知れないが。

「日本海軍の戦艦です――おい、聞こえないのか！」

持参した無線電話機はうんともすんとも言わない。雑音さえ聞こえない。受信周波数を変えても何も聞こえない。無線機の故障というより、基地から誰も電波を出していないかのようだ。

「基地に戻る！」

運転手はその命令に明らかに躊躇《ためら》っている。そうだろう。目の前の異様に巨大な戦艦が砲弾を撃ち込んでいる現場にどうして戻るというのか？　運転手とそれにつられた気象観測員がジープから逃げ出したため、副官は自分でジープのハンドルをとる。

しかし、彼も滑走路には戻ることはできなかった。飛行場の周辺施設がことごとく破壊され、炎上していたためだ。

しかもそれは建屋《たてや》の炎上とも違っている。砲弾が基地施設を直撃し、それで噴き飛ばされた残骸《ざんがい》が延焼しているのだ。

滑走路にはＢ17爆撃機の姿は一つとして無く、燃え広がるガソリンの中に、かつては爆撃機だったらしい金属の残骸が散乱し、燃えている。

副官は、ジープを降りると、その場に立ち尽くす。何をすべきなのか、それさえもわからない。

それ以前に彼は、自分以外の生存者がいないことに気がつく。それはおかしいではないか？　ガダルカナル島の基地には、飛行場を維持するための人間がいたはずだ。少なくとも一万人以上の人間が――。

だがすぐに彼は、その疑問の回答を見いだす。滑走路一面に広がる炎。それは四散した爆撃機の燃料が燃えていると思っていた。

しかし、違う。いま飛行場周辺に広がるこの臭いは、人間が燃える臭い。そして炎の燃料は、人間そのものだ。

夥《おびただ》しい数の人間、航空基地を維持し、飛行機を操縦している人間達。それが滑走路の上で燃えている。炎は人間の脂を燃やしているのだ。

副官はそれに気がつくと、胃の中のものをすべて吐いた。そしていたたまれなくなり、ジャングルの中に逃げ込んだ。

そして逃げ込んだ先で、副官は被害を免れた海兵隊の一団に助けられる。部隊は全滅ではなく、半分以上が生きていた。

しかし、飛行場を完璧なまでに砲撃され、破壊されたことで、彼らはすべてを失っていた。

「敵戦爆連合接近中！」

空母翔鶴の電探が敵の接近を察知したのは、

敵が攻撃を仕掛けるだろうと原司令官が予測していたよりも二時間近く後だった。

正直、何度かこちらから出撃しようと考えた彼だったが、予感めいたものがあり、敵が手を出すまで、こちらからの出撃は控えていたのである。

それは忍耐が要求される判断であったが、いまその忍耐は報《むく》われた。瑞鶴・翔鶴より三〇機の戦闘機が迎撃に飛び立った。

ホーネットとサラトガの戦爆連合は、概ね五〇機規模であった。そして編隊行動も満足にとれなかったミッドウェー海戦の時と比較して、彼らは技量を向上させ、整然と編隊を組んでいた。

これは大きな進歩であったが、待ち伏せる側にとっては好都合だった。電探のおかげもあり、どこで待ち伏せ、何を攻撃すべきかの設定が容易だからだ。

もちろん電探でわかるのは相手の距離と方位に過ぎない。機種の識別ができるわけではない。

しかし、戦闘機と攻撃機の配置が教科書通りであるなら、相手が整然と飛行すればするほど、どこを攻撃すべきかは見えてくる。

原司令官はミッドウェー海戦には参戦していないが、珊瑚海海戦は経験している。大型正規空母の瑞鶴と翔鶴が貴重な戦力であることも百も承知だ。

だから敵の攻撃機を最優先で攻撃するように、戦闘機隊には徹底していた。攻撃機さえ排除できるなら、空母部隊の防御はできる。

一方の米海軍航空隊は違っていた。ハルゼー長官は、部隊の士気を鼓舞《こぶ》する意味合いも込めて、陸軍のB17爆撃機隊が敵を痛打したところに、自分達が止《とど》めを刺すのだと説明していた。

それは嘘ではなく、じっさい陸海軍の間では、そういう作戦計画であった。だから戦爆連合の将兵がそれを信じていても不思議はない。

しかし、このことは自分達が待ち伏せされるという意識を著しく低下させている。なるほど常に四界に注意するというのは搭乗員の心得の基礎ではあるが、そんなことはないと指揮官から聞かされているのだ。

だからこそ警戒が疎《おろそ》かになり、零戦隊の待ち伏せは、多大な奇襲効果を上げた。

SBD急降下爆撃機の搭乗員の中には、自分達が襲撃を受けたときでさえ、それが理解できないものがいたほどだ。

F4F戦闘機隊はこの奇襲に十分に対処できないでいた。攻撃隊が襲撃されたために、そちらに向かおうとしたときに、一部の零戦隊が阻止に立ちはだかる。

F4F戦闘機隊はその零戦に向かうが、これらの零戦の目的は、F4F戦闘機隊を攻撃機から切り離す事であった。

一部のF4F戦闘機隊のパイロットは、零戦隊の意図を読み取ったが、それに即応することができるかどうかは、また別の話だった。

それに意図を理解したとして、どう対処すべきかという問題もある。この零戦を撃墜するか、遮二無二《しゃにむに》でも攻撃機の防御に回るか。

しかし、Ｆ４Ｆ戦闘機隊のパイロットに選択肢は無い。

零戦は速度と運動性能でＦ４Ｆ戦闘機より勝るが故に、零戦と闘う以外に友軍機の防御はできないのだ。

そして空戦を選べば、高い確率でＦ４Ｆ戦闘機は撃墜された。問題は、Ｆ４Ｆ戦闘機が一機撃墜されると戦力比が悪化する事だ。そしてそれが一線を越えると、戦力比の悪化は急激に増加することだ。

そうしている間に、攻撃隊もまた零戦隊により、着実に数を減らしていた。ほぼ全滅なのはＴＢＤ雷撃機隊であった。

数が少なく、防御も相対的に弱いために、これらは零戦隊のパイロットたちにスコアを提供する立場になった。

逆にＳＢＤ急降下爆撃機は、防御火器も比較的強力で、零戦隊も攻め方を間違えたために、撃墜機さえ出た。

それでも戦爆連合の攻撃機は、急激にその数を減らし、五航戦まで接近できた機体は無かった。

こうして米空母の戦爆連合第一波を、五航戦は撃退することができた。

戦闘機隊を収容し、機体の整備補給と搭乗員の休養を行う。

ただここで原司令官は、また決断を迫られる。つまりガダルカナル島への攻撃を行うべきか、敵空母部隊を攻撃すべきかという決断である。

自分達の任務はあくまでもガダルカナル島へ

の一木支隊の上陸支援である。島の制空権を確保し、その安全を保障する。

B17爆撃機隊への攻撃も、そのための手段なのである。しかしながら、その脅威たるB17爆撃機隊はやって来ない。

第八艦隊の攻撃にはやって来たのであるから、B17爆撃機隊がガダルカナル島にいないということはない。

地上破壊を避けるためにどこかを飛んでいることも可能性としてはあるとしても、自分達の存在を知っている以上は、攻撃を仕掛けてこないというのはおかしい。

強襲を避けるというのも考えにくい。強襲を避けるというなら、空母航空隊がやって来たのは矛盾する。


「B17爆撃機隊は、対一木支隊攻撃のために温存し、我々には空母航空隊をぶつけてきたということでしょうか？」

先任参謀の意見は、確かにある部分は説明してくれはするが、原司令官は納得はできない。

確かに現状を説明はするが、それが合理的な采配とは思えないからだ。どう考えても航空脅威は五航戦なのだから、空母部隊とB17爆撃機隊の両方を投入すべきなのだ。

長良の水偵からの報告が入ったのは、そんな時だった。

「敵B17全滅！」


五五〇〇トン型軽巡洋艦長良は兵装を整備す

ることで、水偵二機を扱えるように改良されていた。

これは小さなことのようで軽巡洋艦の価値を著しく高めていた。水偵が複数使えることで、偵察時間や偵察範囲が切れ目なくできるようになった。

かつて軽巡洋艦の任務は高速を活かして敵陣を偵察することにあったが、ここにきて長良の任務は偵察巡洋艦として原点に戻ったような形だ。

長良から発艦した水偵二機は、ガダルカナル島を偵察すべく、異なる方角から接近していた。

一つには島に電探があるかどうかを確認するという目的がある。ガダルカナル島の正面から接近する水偵と、搦《から》め手から接近する水偵により、敵がどう反応するか？　搦《から》め手からも適切な対応ができるなら、電探があると考えていいだろう。

しかし、二機の水偵はどちらも迎撃機に遭遇することもなく、島に接近する。

二機の水偵では、搦め手から接近する方が先任者であった。前提として、敵軍にも電探はあるという判断による。それを確認するためだ。

「機長、何もきませんね」

「電探がないってことか？」

「幾ら何でも、電探があれば、もう何かありますよね」

「二号機から何か言ってきたか？」

「二号機からは何も」

「つまり正面からも迎撃はないのか」

ガダルカナル島の米軍基地には電探がない。電探はなかなか複雑な装置だから、孤島であるガダルカナル島に置かれていないとしても、それそのものは不思議ではない。

ただやはり、この局面において電探がないというのは、やはり意外な気がした。

「それより機長、敵の飛行場、何か燃えてませんか？」

「煙とかすかに炎が見えるか……」

それなりの規模の部隊が駐屯しているのであるから、煮炊きもすれば火も使おう。しかし、灯火管制という観点では、これでは落第だ。

あるいは敵襲を受けたなら、基地が炎上するかも知れないが、その敵とは自分達であり、そして自分らはまだガダルカナル島に攻撃は仕掛けていない。

自分達の偵察結果をもとに五航戦は最終的な攻撃の調整をするのだ。

計画では五航戦の航空隊はすでに出撃し、自分達の報告から三〇分ほど後に、ここに到達することになっている。

もちろん軍事作戦であるので、土壇場《どたんば》での計画変更はありえるだろう。ただ自分達に偵察を命じていて、さらに攻撃時間を少なくとも一時間は前倒しするというのは考えにくい。

だとすると、この火災は、事故か失火ということになる。

「つくづく敵さんも運が無い」

しかし、そんな予想は現場上空で覆される。ほぼ同時に二号機もガダルカナル島の滑走路上空に到達する。

そこにはかつてB17爆撃機であったであろう金属の残骸が散乱していた。そして滑走路周辺のジャングル、つまり基地の支援施設も燃えている。

ただそれらは残骸がいわば燻《くすぶ》ってるだけで、本体となる建屋は噴き飛ばされている。そこには大きなクレーターがあるだけだ。

「なんだこれは？」

滑走路のクレーターから判断して、それは砲撃の跡と思われた。

「友軍の砲撃でしょうか？」

航法員の言葉に、機長であり、ミッドウェー海戦では、ミッドウェー島の偵察を行った彼は、そのクレーターの意味を理解した。

「馬鹿な……」

「何が馬鹿なんですか、機長？」

「これはミッドウェー島の砲撃跡とまったく同じじゃないか！」

「ミッドウェー島!?」

「こいつは幻戦艦の仕業《しわざ》だ！」

「幻戦艦？　あんなのはただの噂じゃ？」

「だったら、あの砲撃跡は何だ！　転属してきたお前は知らないかも知れないが、俺はミッドウェー島でこれと同じものを見たんだ！」

機長はミッドウェー島の情景を思い出す。そこでは砲撃に巻き込まれ、米軍将兵の遺体は一つとして原形を留めていたものはなかったとも聞いている。

いま眼下の基地でも、同様の惨劇が広がっているのかも知れない。

「機長、幻戦艦のことを報告しますか？」

無線員の質問に、機長は迷う。幻戦艦は噂であって、海軍内部ではタブーとなっている。そんなものを打電できるはずもない。

「幻戦艦などと打電するな！　敵重爆隊は何者かの砲撃により全滅せり、それでいい」

「敵重爆隊は何者かの砲撃により全滅せり」


その報告に直井艦長や和田砲術長以上に反応したのは、陸軍から連絡調整のために派遣されていた伊藤中尉であった。

「これは、どういうことなのか？　砲撃とは？　作戦は海軍の空母部隊と聞いていたが！」


陸軍とはいえ、伊藤中尉は佐官クラスの艦長以下の幹部たちには、階級相応の敬意をもって接していた。

それだけに、彼のこの強い反応は、長良の幹部らを驚かせた。

「もちろん作戦計画の変更はない。空母部隊がガダルカナル島を攻撃する。艦艇による事前砲撃はない。

上陸部隊の火力支援が必要であれば、それは我々が担当する」

「なら、この砲撃とは何か！」

すでに空もかなり明るくなっている。ガダルカナル島の方角からは、かすかに煙が昇っているのが、長良の艦橋からも見て取れた。だが、それをみると、伊藤中尉はなおさら表情を強ばらせる。

「本当に砲撃は為されたんだな」

「何等かの火災は起きているようだが……」

「そうじゃない！　あれは幽霊戦艦だ！　ミッドウェー島の再来だ……自分らは……呪われている……」

伊藤中尉は、そう言うと、その場に膝の力が抜けたかのように、ひざまずく。現役の陸軍中尉の豹変《ひょうへん》に、周囲の幹部たちも何を為すべきか、わからない。

和田砲術長が咄嗟に、彼に手を差し伸べる。伊藤中尉もそこで我に返ったのか、青ざめた表情で立ち上がった。

「大丈夫か？」

「し、失礼いたしました！　自分ともあろうものが……」

「それより、呪われているとは何だ？」

伊藤中尉はしまったという表情を見せるが、周囲を階級の高い海軍将校たちに囲まれ、覚悟を決める。

「我々はミッドウェー島にほぼ無血上陸を果たしました」

長良の幹部たちは、ここではっとする。伊藤中尉はいま幽霊戦艦と口にしなかったか？　そしてミッドウェー島こそ、幽霊戦艦の噂の発祥《はっしょう》地ではなかったか。

そんな得体の知れない話をここでさせて良いのか？　だが、ここで話を中断させるのも不自然だ。何より、彼らもまた、話の続きに興味がないと言えば嘘になる。

「敵陣は、ほぼ壊滅状態と聞いている」

聞いているどころではない。偵察機でその惨状を目の当たりにしたのは、和田砲術長自身なのだ。幽霊戦艦の噂の出所も、元をただせば、おそらくは彼が長良に送った報告によるはずだ。

とは言え、和田砲術長自身は島に上陸はしていない。その点では一木支隊と見ているものは同じではない。

「はい、壊滅状態でした。普通はよほど激しい砲撃戦を展開しても、一つ二つは無傷の家屋があるものです。

しかし、ミッドウェー島は違っていた。すべての建物が破壊されていた。鉄筋コンクリートの敵の司令部でさえ、砲弾の直撃で粉砕されていたんです。

それだけじゃなかった。米兵たちの死体は一つとして五体満足なものがない。いや、あれは死体じゃない。肉片です。砲弾の破片は、人体を切り刻んだ。

我々は、島を確保するために、敵兵のばらばらの手足を拾い集め、ガソリンをかけて焼却する作業からはじめねばならなかった」

和田砲術長は、自分が偵察機から目撃した光景が、ことごとく伊藤中尉の話と符合する事に驚く一方で、納得していた。

「遺体をすべて焼却しても、島のあちこちに残った血潮《ちしお》は消えません。最初は消そうとしましたが、きりがないので、途中からは見ないことにしました。

米軍が深夜に我々にゲリラ攻撃の砲弾を撃ち

込んできましたが、あれに救われたようなものです、我々は」

「ゲリラ戦に救われた？」

「えぇ、救われました。自分は幽霊を信じません。しかし、夜になると、地面から叫び声や絶叫がかすかに聞こえてくる。

　自分は目撃してませんが、海岸を魚のような人間が歩いていて、千切《ちぎ》れた米兵の手足を咥《くわ》えているのを目撃した歩哨《ほしょう》も一人や二人ではなかった。

　あの島ではそんな怪異が当たり前のように起きていたんです。あの異様な島の日常で正気を保てたのは、米軍の砲撃があったからです。

　敵国の軍艦が砲撃を仕掛けてくる。これこそが我々の世界じゃないですか。我々の常識が通用する世界ですよ。

　敵襲がある時だけは、怪異は止むのです。その時だけは、我々は帝国陸軍軍人として、己が何者であるかを確認できるんです。

　もちろん、そんな怪現象は我々の神経の衰弱が原因なのでしょう。敵襲だけが正気を維持する縁《よすが》だなんて」

　幹部たちはやはり伊藤中尉にかける言葉がない。なぜなら一木支隊をラバウルに移送するにあたり、病院船の入港を目撃しているからだ。

　病院船には少なくない人数の一木支隊の将兵が乗せられていた。ただそれらの将兵は自力で船に乗っていた。

　国際法では病院船による兵員輸送は禁じられている。しかし、和田砲術長らが目撃した光景は、その時は何か国際法を無視してでも実行される特殊作戦の類かと漠然と考えていた。

しかし、伊藤中尉の話を信じるなら、彼らは精神を病んだことで、日本に戻されたことになる。国際法に違反していないのは良いとしても、状況はあまりにも苛烈だ。

「いままで、怪異現象は、幽霊戦艦が起こしているのだと漠然と思っていました。幽霊戦艦にミッドウェー島は呪われ、我々はそこに送り込まれたのだと。

だが、呪われているのはどちらだ？　我々が転戦しようとする島嶼がまたも幽霊戦艦の攻撃を受け、散乱する肉片の中で同じように上陸するとなれば、呪われているのは我々ではないのか……」

和田砲術長はそんな伊藤中尉に横ビンタを食らわせる。和田自身、自分がそんな行動に出るとは思いもよらなかった。

「馬鹿者！　気を確かに持て！　あるかないかもわからぬ、単なる噂に過ぎぬ幽霊戦艦に惑わされてどうする！　ミッドウェー島の惨状は、私も偵察機から確認した。あの島の惨状を砲撃によるものと報告したのは私だ！」

「和田中佐が……」

それはビンタ以上に伊藤中尉には衝撃であったらしい。目の前にミッドウェー島の惨状を知っている人間がいる。

それどころか、彼が幽霊戦艦の噂の元となった砲撃跡の報告者なのだ。

「確かに恐るべき威力の砲撃が行われたのは確

かだ。それは戦艦の主砲と解釈もできる。

しかしだ、その正体は不明だ。そして砲撃とわかるということは、それは物理的な現象であって、解析可能だということだ。

幽霊戦艦の幽霊とは、正体不明という意味であり、それ以上の意味はない。呪いだの何だのと思い込むことこそ、自分達への呪いではないのか！」

硬直する伊藤中尉。それに対して直井艦長が和田砲術長の肩を叩く。もういいではないか、と。

「幽霊戦艦など無い。それをこれから確かめようじゃないか」

偵察機からの報告は、一木支隊に対しては、「敵の拠点は破壊された」とのみ伝えられた。

幽霊戦艦という士気を下げるような話をしてもはじまらない。そもそもそれに根拠があるのかどうかもわからないのだ。

なにより一木支隊にとって重要なのは、安全に上陸できるかどうかであって、島の惨状を微に入り細に入るように伝えることではない。

船団からは予定通りに上陸用の大発が降ろされ、一木支隊や増援部隊の将兵が乗り込み、海岸に向かう。

伊藤中尉は上陸が完了し、海軍の支援が必要なくなるまで、長良に残る。しかし、彼の表情はさえない。

ガダルカナル島がどんな場所なのか自分は知っているが、戦友たちは知らない。そんな場所に、あたかも何もないかのように送り出さねばならない自分が許せないのだろう。

しかし、それはどうにもならない問題であった。あるのかないのかわからない幽霊戦艦について一喜一憂してもはじまらない。

それに幽霊戦艦が攻撃を行ったのだとしても、それを理由に作戦を中止はできない。残されたのは不愉快な現実を受けいれることだけだ。結局のところ、それは伊藤中尉個人の嫌悪感の話に過ぎないのだ。

「舟艇に動きがあります！」

見張員の報告に、長良の艦橋では緊張が走る。いまさっき幽霊戦艦の話をしたばかりなのだ。

双眼鏡が一斉に舟艇に向けられる。視界の中で、確かに舟艇上の陸軍部隊が動いている。しかし、その動きはいささか不自然に見えた。

戦闘準備をすべきかどうか、分隊長らしい人物が躊躇っているようにも見える。

「海岸に敵兵がいます！」

見張員の声に、双眼鏡が今度は海岸に向けられる。

なるほどそこには敵兵の姿があった。姿はあったが、それはやはり和田砲術長らには理解しがたいものだ。

組織的な戦闘なら、砲撃を仕掛けるなり、それなりの対応が必要だ。しかし、彼らの視界にいる米兵は違う。

米兵の数は数人というところだった。それはいうなればふらふらと現れてきたように見えた。兵士らしい警戒感はない。また最前線に突撃するという勇敢《ゆうかん》さとも違う。

そう断言できるのは、全員がほぼ全裸であったためだ。暑いから服を脱ぐというのとも違う。

全裸なのではなく、ほぼ全裸というのは、服の脱ぎ方が中途半端であるからだ。服を脱ごうとして飛び出してきたという感じだ。それでも小銃は握っている。

そして上陸してくる日本兵に対して手を振っている。

「正気を失っているのか……」

直井艦長の言葉は、その場の全員に腑に落ちた。しかし、腑に落ちることそのものが不吉な兆しである。

あのミッドウェー島でも、投降してきた米兵の多くが強い恐怖のために精神を病んでいたのではなかったか？

「あっ！」

海岸を見ていたほぼ全員が同時に声をあげた。海岸の米兵たちが次々と斃れたからだ。

最初は一木支隊の銃撃を考えたが、舟艇との距離を考えれば、小銃では命中はまずない。しかも兵士たちは、明らかに後ろから撃たれている。

「同士討ち？」

「あるいは粛正でしょうか、敵前逃亡の」

「うむ」

直井艦長らは黙り込む。敵軍がジャングルの中にいるのは確かなようだが、上陸部隊を迎え撃つ体勢ができているとも思えない。

それは数人の将兵を射殺するにしては、妙に手間取っていることからもわかる。重厚な火線が待ち構えているわけでは無さそうだ。

そもそも攻撃するなら、舟艇がここまで接近するのを待つのは不自然だ。小銃はともかくとしても重機関銃なら届くだろう。そんなものもないのか？

「艦長、砲撃要請です！」

長良に乗っている通信兵が伊藤中尉に電文を手渡す。無線機は長良のものだが、一部は陸軍の人間に貸している形だ。

伊藤中尉の戦闘だけが日常生活との接点という言葉が、和田砲術長には思い出される。いま自分達が米兵に戦闘という日常を取り戻させようというのか。

「砲術長……」

「わかりました」

命令にしてはひどく曖昧《あいまい》な会話が交わされる。しかし、それで意図は伝わった。

軽巡洋艦長良から、海岸近くのジャングルに対して砲撃が加えられる。それによる反撃らしい反撃はない。

そして舟艇が海岸に殺到する前に砲撃は終わる。ただし即応準備は維持していた。

だが一木支隊が上陸しても、反撃してくるものは無かった。

五章　幻戦艦

理由は不明ながら、ガダルカナル島のＢ17爆撃機隊が全滅しているという報告は、原司令官の考えを決めた。

この状況でも敵空母航空隊が接近してこないなら、おそらくは敵空母部隊は撤退したのではないか？　最初の襲撃を受けたとき、原司令官は敵空母部隊の戦力は二隻程度と判断した。おそらく空母二隻とガダルカナル島の基地航空隊で五航戦を屠《ほふ》るつもりが、何かの事故でＢ17爆撃機隊が壊滅し、計画の前提が狂った。

第一次攻撃隊もこのため大敗し、敵空母部隊は逃げるよりない。

原司令官は、そう判断すると、五航戦の主目標を敵空母部隊に絞った。敵機の攻撃は無さそうだし、上陸部隊が安全なら自分達の戦力は敵空母に向けるべきだ。

原司令官は、最初は再び長良の水偵を使おうかと思ったが、それは思いとどまった。

本格的な索敵には水偵二隻では足りない。それにガダルカナル島の上空警護から敵空母撃滅に転換するとなれば、長良の水偵まで投入しては、ガダルカナル島に日本軍機はゼロとなる。さすがにそれはまずいだろう。

水偵でも爆撃も多少はできるのであるから、上陸支援は可能だ。それまで転用はまずい。

そもそも船団護衛から敵空母撃滅への方針転換は自分の職掌の範囲ではあるが、作戦手順を変更するわけであるから、それに対する手当も必要だ。

　こうして空母瑞鶴・翔鶴より、それぞれ四機、計八機の索敵機として艦攻が発艦した。

「なんだ、あれは？」

　索敵線は二段ではなく一段だった。原司令官は限られた索敵機で索敵範囲を優先したためだ。

　ミッドウェー海戦の反省から、索敵線は一段より二段と言われてはいたが、現実にその決断ができる指揮官は少なかった。

　索敵には攻撃機が使用されるため、索敵を濃密にすれば攻撃戦力は減るのである。それはこれから攻撃を仕掛けようとする指揮官としては、やはり抵抗があるのだ。

　そうした索敵線の端を、一機の艦攻が飛んでいた。そして彼らはそれと遭遇した。

「あれは……クラゲ？」

「馬鹿、クラゲが空を飛ぶか！」

　しかし、彼らの目の前にあるのは、クラゲと表現するのが適当な何かであった。

　クラゲのような雲というのがもっとも相応しいのは確かだが、それは、雲と気象現象で片付けるには抵抗のある、非日常性とでもいうべき忌《い》まわしさを感じさせた。

　常識で考えるなら、その雲は迂回すべきであった。だが機長はなぜか、引き寄せられるようにその雲の中に突入して行く。

「機長！」

「索敵線を逸脱はできんぞ！」

　確かにその雲は、飛行コースの直上にあった。

　そして機長は、先ほどからの違和感の理由がわ

戦艦大和

かった。

雲と自分達の距離感が掴めないのだ。近づいているのか、遠ざかっているのか、それすらも把握できない。

機長も海軍ではそれなりの年数を過ごしているが、こんな経験は初めてだ。むろん夜間とか悪天候なら、そういうこともあるだろうが、昼間であり、天候も悪いわけではない。

そして距離感が掴めないまま、艦攻は一瞬で雲の中に入り込んでいた。驚いたことに、雲の中は清浄な空間だった。鏡のような海面に風さえない空気感。それはガラスの半球の表面に雲を張り付けたかのようだ。

「機長、あれは大和では！」

「馬鹿言え……いや、まさか！」

海面が鏡のように凪《な》いでいるのは、戦艦の大きさから類推すれば、直径一〇キロほどの領域に思われた。

その中心にいる戦艦は、噂に聞く戦艦大和に酷似《こくじ》していた。何より連合艦隊旗艦の旗を掲げ、旭日旗も間違うはずもない。

ただ戦艦大和はトラック島に碇泊《ていはく》しているはずであり、こんな場所にいるはずがない。それに彼らがトラック島で見た戦艦大和とは、微妙に違っている。

全体に感じる汚れた色調は、おそらくは激戦をくぐり抜けたためだろう。しかし、トラック島でそんな海戦はない。

また艦攻から見て、対空機銃座の数が劇的に増えているように思えた。おそらくあれらの対空機銃が火を噴けば、敵機は恐るべき地獄を目にする事になるだろう。

「あれは、もしかして、噂の……」

「馬鹿者！　任務中に噂話などするな！」

機長は、幽霊戦艦という言葉が口にされる前に、部下の発言を封じた。噂は噂であり、そんなものを信じる奴らは精神がたるんでいるのだ。

いまのいままで、彼はそう思っていた。ミッドウェー島もガダルカナル島も知らない五航戦の搭乗員としてみれば、当然の反応だろう。

だが眼下を航行する戦艦は、まさに幽霊戦艦では無いのか？　あるいは自分らの知らない秘密任務で大和が出撃している可能性を機長は信じようとした。

しかし、彼の観察力は、自分で自分の希望を潰《つぶ》してしまった。

鏡のように凪いでいる海面に、移動する戦艦大和は航跡一つ残していない。大和は鏡のような海面ともども移動していることになる。そんな軍艦は世界中のどこにもない。

「すぐに報告しろ、大和型戦艦を発見したと、場所は……」

そこで機長は愕然《がくぜん》とした。ここはどこなのか？　空はドーム状の雲に覆われている。雲は一様に明るく、太陽の位置さえわからない。その空間は淡い光に覆われているのだ。

索敵線と速度と時間で位置の概略を割り出そうとするも、ここでも機長は絶望を味あうことになる。

時計がおかしいのだ。止まっていたかと思うと、次に見たときには三〇分前を示し、驚いて見直せば、二時間後を指している。

時計の故障か、時間の流れがおかしいのか。ともかく現状では計算で自分達の位置を割り出すこともできない。

「無線機が使えません！」

通信員のその報告は、しかし、その時の機長には、些事《さじ》に思えた。このような状況では、むしろ無線が使える方がおかしいだろう。時間が狂っているというのに。

「ともかく報告を続けるんだ！」

根拠があるわけではなかったが、機長は無線通信さえ可能となれば、時間の異常が収まる、そんな予感があったのだ。

恐慌状態の艦攻をよそに、戦艦大和らしき軍艦は悠々と航行を続けている。どこを目指しているのか、それはわからない。いまの彼らには、現在位置も、時間も、そして方位さえもわからないからだ。

「機長、敵編隊です！」

雲の丸屋根を突き抜けるかのように、米海軍の戦爆連合五〇機あまりが現れたのは、そんな時だった。


ハルゼー長官にとって、第一次攻撃隊の敗退は予想外であり、ショッキングな出来事だった。

B17爆撃機隊による攻撃で翻弄され、混乱している五航戦を、二隻の空母の攻撃隊により撃滅する。

このシナリオに何等の問題もなかったはずだった。ところが自分達の攻撃隊は、日本軍戦闘機隊に待ち伏せされ、空母への接近さえほとんど成功しなかった。

この失敗の最大の理由は、すでに攻撃を仕掛けているはずのガダルカナル島のB17爆撃機隊が、作戦計画通りの攻撃をしていなかったことにある。

百歩譲って、攻撃が仕掛けられなかったとしても、それを報告することは可能であるし、義務である。

だがガダルカナル島からは、そんな報告も連絡も無い。

「まさか、陸軍の奴らは、我々が五航戦を引き付けている間にその空母を爆撃しようと考えたのではあるまいな?」

ハルゼー長官は、一時はそんなことさえ考えた。ただその可能性はまずあり得まい。ハルゼー部隊による五航戦への攻撃開始を待っている間に、五航戦――陸軍航空隊がその存在さえ知らない――が、ガダルカナル島を先制攻撃したら、陸軍航空隊は全滅してしまうだろう。

地上破壊リスクを避けるためにも、B17爆撃機隊は先に発進する必要があり、ハルゼー部隊を囮《おとり》に使うような器用な真似はまずできまい。

それを実現するためには、かなり綿密な打ち合わせが必要だが、そこまでの打ち合わせはできていないのだ。

ともかくガダルカナル島に対して事実関係を確認し、部隊の参戦を促《うなが》さねばならぬ。通信参謀には連絡を取るように命じてはいるが、一時間が経過しても音沙汰なしだ。

通信参謀は、基地の通信施設の何等かのトラブルの可能性も指摘するが、それは理由にはなるまい。

島に無線機が一つしか無いわけもなく、最低でも正副二基はある。それにガダルカナル島は航空基地だから、航空無線機を転用するなり、伝令機を飛ばすなり、頭を使えば方法はある。

にもかかわらず何の連絡も無いとすれば、基地の部隊が無能であるか、意図的に連絡を拒否しているかのどちらかだ。

なのでハルゼー長官は、早々に基地への連絡を諦め、米太平洋艦隊司令部経由で陸軍当局に問い合わせるよう依頼した。

話を大きくするのはハルゼー長官としても本意ではないが、あからさまなサボタージュが疑われる状況では、怠慢の責任は取ってもらわねばならぬ。

ガダルカナル島との通信を早々に切り上げたのは、もう一つの理由がある。

五航戦は無傷の状態で、自分達の存在を知った。いま我は彼の位置を知り、彼は我の位置を知らない状態だが、敵が自分達を発見すべく索敵機を飛ばしていると考えるのは、小学生レベルの推論だろう。

敵がこちらの位置を知ったら五分五分だが、いまは自分達が優位にある。ならばこそ、早急に第二次攻撃隊を五航戦に送り込み、日本空母を撃破しなければならない。

第一次攻撃隊の損失は無視できないのは事実である。しかし、いまこのチャンスを見逃せば、同様のチャンスにいつ恵まれるかわかったものではない。

だからハルゼー長官には、いまここで撤退するという選択肢は無かった。

ガダルカナル島の陸軍航空隊には、あとからきっちりと落とし前をつけてもらうにせよ、いま自分達が為すべきは、敵空母の撃破である。この点について、ハルゼー長官の判断に迷いはない。

「第二波の出撃を急げ！　レーダーの警戒を怠るな！」

勝負は敵の索敵機が自分達を発見する前に、自分達が攻撃をかけられるかどうかにかかっているのだ。

幸いにも第二次攻撃隊の編制準備は完了しており、出撃準備は短時間で完了した。そうしてハルゼー部隊より、第二波の攻撃隊が出撃した。

「なんだあれは？」

攻撃隊の指揮官にとって、それは突然現れた。目の前のいままで何もなかったはずの空間に、突然、霧のドームが現れたのだ。

本来なら回避したいところだが、その余裕もない。またいまここで回避すると、編隊が大混乱に陥る恐れがある。

壁のように立ちはだかっていると言っても、現実の壁ではない。所詮は雲や霞であれば、突っ切って行けばいいのだ。

そうしてドームに突っ込んでいった指揮官機

は、雲を抜けたと思ったら、一気に視界が開けた。

しかし、彼らにとっては、その視界の変化よりも、正面から迫ってくる戦艦に視線は向かった。

あれは、敵なのか、それとも味方なのか？

それが最初の疑問だ。

砲塔の配置からは、サウスダコタ級にも見えなくはない。だがこの作戦にサウスダコタ級戦艦は参加していない。

だとすれば敵なのか？　しかし、座学で習った日本軍戦艦にこんな型のものはない。とはいえそんな逡巡《しゅんじゅん》はわずかな間だ。

戦艦のマストには旭日旗が翻《ひるがえ》っている。それは敵戦艦の印だ。

戦艦が日本海軍のものとわかったものの、指揮官の逡巡は続く。いまの自分達には、この戦艦を攻撃できる。

しかし、なるほど日本海軍の戦艦は標的としては魅力的だが、攻撃すべきかどうかは、また別だ。

なぜなら五航戦の航空隊が無傷でいるからだ。戦艦を攻撃している間に五航戦の索敵機が空母ホーネットなりサラトガなりを発見してしまったら、状況は一変する。

「これは囮なのか？」

指揮官はその可能性に思い至る。戦艦が空母部隊の攻撃を吸収することで、空母の安全を図る。

まさに肉を切らせて骨を断つ戦法ではないか。

ならば自分達が為すべき事は明らかだ。この戦艦は攻撃せず、あくまでも敵空母部隊に攻撃を集中するのだ。

しかし、戦爆連合指揮官はそうした判断が出来たものの、すべての搭乗員がそうした判断ができるわけではなかった。

一部の雷撃隊が、日本軍戦艦に対して攻撃すべく、降下をはじめてしまった。

「馬鹿者！　止めろ！」

無線電話で指揮官は叫ぶが、雷撃隊は止まらない。そう、無線電話が通じないのだ。

そうしている間にも、炎に蛾が誘われるかのようにTBD雷撃機隊は、戦艦に向かって急降下して行く。

遠近感がおかしいのか、その戦艦は尋常ではない巨艦のように思われた。高度計の表示を信じるなら、この高度であの大きさに見えるなら、あの巨艦は基準排水量で六万トン以上なければならないことになる。そんな戦艦が存在するのか？　しかし、そんなことを考えている余裕はすぐになくなった。

TBD雷撃機隊が、降下して雷撃体勢に入ると、戦艦の対空火器が一斉に動き出す。甲板に人間の姿は見えないが、無数の機銃が動物の触手のように、一斉に動き出す。

最初に火を噴いたには高角砲だった。それは発砲するたびに、雷撃機を直撃し、空中に粉砕する。

空中に幾つもの金属の破片が雲のように浮かび、それが海面に落下し、豪雨に遭ったように海面が泡だった。

「化け物だ！」

そうとしか思えない。巨艦程度なら驚きはしないが、高角砲の砲弾を百発百中させるなどあり得ない。そもそも高角砲の戦い方はそうしたものではない。

戦艦を撃破しようとした攻撃機は他にもあったが、鎧袖一触で雷撃隊が全滅したことに、それらは及び腰となった。

「全機突撃せよ！」

その命令はレシーバーの中に突然飛び込んで来た。その声はまさに指揮官の声に他ならない。しかし、彼はそんな命令など出していないのだ。

罠、そう思いはしたが、これはそんな常識が通用する話ではない。何か非常識な事が起きている。

指揮官が止めろと叫んでも、その命令は無線機には伝わらず、急降下爆撃隊が次々と戦艦へと向かって行く。

指揮官はそこで、信号弾の存在を思い出す。万が一の場合には、信号弾を撃つ。緊急に攻撃を中止しなければならない時などのためだ。

いまはまさにその時だ。彼が信号弾を放つと、それに気がついたＳＢＤ急降下爆撃機は攻撃を中止した。

しかし、気がつかないのか、無視したのか、そのまま戦艦に突っ込んでいった爆撃機は、今度は機銃弾により撃墜される。

無数の機銃弾がＳＢＤ急降下爆撃機の機体に命中するだけでなく、墜落する機体の破片にも容赦なく銃弾が撃ち込まれる。

それでも一機が機体ごと戦艦に体当たりを仕掛ける。しかしそれも切り刻まれ、爆弾は海中に没し、切断された翼だけが執念で戦艦に衝突し、その衝撃で、カッターが海上に落下した。

だがその程度で戦艦の歩みを止めることなどできるはずもない。

それがもっとも攻撃に成功した機体であった。他の機体は、数センチ角の金属片になるまで、攻撃を受け続けた。その魔法のような命中精度もさることながら、ここまで徹底した破壊には、総毛立つほどの憎悪が感じられた。

無線機は使えない。指揮官は再び信号弾で部隊の残存機に集結を命じた。すでに戦爆連合の総数は半減し、敵戦艦には傷一つついていない。


しかし、彼は戦艦攻撃を続けようとは思わなかった。否、できなかったという方が正確だろう。

いまここで起きているのは、通常の戦闘ではない。何か超常的な現象が起きている。自分達はここから脱出しなければならないのだ。

機長はそこで、一機の日本軍機と遭遇する。それは彼の記憶では、日本海軍の九七式艦上攻撃機であった。

しかし、何か様子がおかしい。いままでそんな機体が飛んでいるとは思わなかった。一機だけだから気がつかないというより、いまここに突然現れたかのようだ。

それは不自然なことではあったが、機長には、いまこの空間では、それくらい起きても不思議はないとも思われた。

その九七式艦攻は飛んでいるというよりも、空を漂っているようだった。プロペラの回転さえ、目で追えるほどに緩慢《かんまん》だ。

そして搭乗員たちは、動いていない。米軍機が編隊を組んでいるというのに、近づくでもなければ、攻撃するでもない。

「あれは、あの戦艦の虜《とりこ》になっている」

根拠は無いが、指揮官にはそうとしか思えなかった。なぜならその艦攻は、塗装も剥《は》げ、数年は風雨に曝されてきたように見えた。本当にそうであるなら、あの搭乗員たちはミイラになっているだろう。そうなりたくなかったら、ここから脱出しなければならない。

彼は部隊を集結すると、戦艦から離れる方向に迷わず飛んだ。

雲のドームの壁が、遙か向こうにあるように見えた。

しかし、指揮官は諦めない。ここで諦めれば、あの戦艦に食われるだけだ。

それでも部隊は飛び続ける。一〇キロ程度の距離のはずが、一〇分経過しても、二〇分経過しても、ドームから抜けられない。

燃料が半分を切った頃、部隊は瞬時に太陽の光の中に飛び出した。

すでにあのドームも戦艦も姿がない。同時に彼らは自分達がとんでもない領域を飛んでいることに気がついた。

太陽の位置がおかしいと思ったら、攻撃隊は三時間あまりも余計に飛行している。時計の表示は一瞬で動いたようである。そして燃料はゼロに近くなっている。計算は合わないが、ともかく飛んでいる。

そして自分達はどうやら、五航戦の近くではなく、ガダルカナル島の近くにいるらしい。

こうなれば燃料が切れる前にガダルカナル島に緊急着陸し、燃料を補給して再度出撃する他に手はない。

だがその前に指揮官は、島の手前に集結している船舶群と沖合を航行している軍艦に気がついた。日本軍部隊が上陸していたのだ。

どうしてそんなことが可能なのか？　島の海兵隊は何をしているのか？　どうしてB17爆撃機隊は攻撃を仕掛けないのか？　疑問は尽きない。しかし、目の前に存在するのは間違いない。

あの戦艦との関係は不明だが、敵であるのは間違いない。

攻撃可能なのはＳＢＤ急降下爆撃機が一〇機足らずだ。そして敵の貨物船は、すでに揚陸を終えたように見える。

じっさいは違うのかも知れないが、攻撃を仕掛けようとすれば、近いのは軍艦の方だ。

となれば攻撃対象は、敵軍艦となろう。燃料が乏しいのだ。軍艦は五五〇〇トン級軽巡のようである。悪くない相手だ。

無線電話は気がつけば復活していた。なので彼は、無線機で攻撃を下命する。急がねばならない。

燃料は底を尽きかけており、攻撃を悠長に仕掛けている時間はないのだ。ＳＢＤ急降下爆撃機は次々と、軽巡洋艦長良へと殺到する。

軽巡洋艦の主砲は高角砲なのか、激しく撃ってくるため、二機が撃墜された。しかし、撃墜された二機のうちの一機が、長良に激突し、周辺は火の海になった。

さらに二発の爆弾が長良に命中した。長良は炎上しながら沖合へ退避する。そして米空母部隊の攻撃は、そこまでだった。

米空母の戦爆連合は、日本軍貨物船の上空を素通りし、ガダルカナル島の滑走路に向かう。

そして彼らは絶望に直面する。滑走路はある。しかし、そこは着陸などできる状況にはない。

滑走路が破壊されているだけではなく、明らかにB17爆撃機と思われる残骸がそこには四散していた。


B17爆撃機隊から報告がない理由をハルゼー長官は訝《いぶか》しがっていたが、その答えがここにある。

ガダルカナル島の航空基地は、何者かに徹底破壊されたのだ。何者か？　それはまず間違いなく、あの戦艦に違いない。

だとすると、自分達には先がない。あの戦艦は化け物なのだ。

彼らがそう思ったとき、燃料タンクは空になり、二〇機あまりの米軍機は次々と墜落して行った。


和田砲術長は、気がついたときにはカッターの上にいた。何が起きたのか、すぐにはわからなかった。

周囲は夜であり、そこに自分以外の人間はいない。

「長良は……」

長良の姿もない。そうして和田砲術長は思い出す。

長良にとって、米海軍航空隊の戦爆連合からの攻撃は、まさに青天の霹靂以外の何物でもなかった。

なにしろそれは突然現れた。そんなはずはないのだが、現実に気がつけば、数キロ先に編隊がいた。

そしてそれは真っ直ぐに軽巡洋艦長良に向かってきた。

和田砲術長はそれでもすぐに対空戦闘を命令する。貨物船団がガダルカナル島で揚陸作業に当たっている中、水偵が潜水艦らしきものを発見したとの報告があり、長良は沖合で警戒に当たっていたのだ。

結果的に、それのおかげで貨物船団は敵戦爆連合の攻撃を免れることができたとも言える。

またそういう事情であるため、合戦準備はすでに下命されており、即応することは問題なかった。

じっさいこれにより二機の敵機を撃墜できた。だが一機が長良に激突し、周囲のものを吹き飛ばした。

和田砲術長が覚えているのはそこまでだ。爆撃機の衝突で、自分は海に投げ出された。おそらくこのカッターもそうしたものなのだろう。

朧な記憶で、木片にしがみついていた記憶と、洋上を漂うボートにしがみついて乗り込んだ気がする。

すでに夜ということは、数時間はこのカッターの上にいたのだろう。

しかし、和田砲術長はあることに気がつく。自分が乗っているのは通船という小型のボートだ。

だが軽巡洋艦長良に通船はない。通船のような小型のボートは戦艦や空母のような積載量に余裕のある大型軍艦にこそ搭載される。大型だから通船やカッターなど、用途に応じて積載できる。

対するに軽巡洋艦や駆逐艦なら通船の役割もカッターで兼用し、スペースを節約する必要がある。

自分がいま乗っているのは、そんな通船だ。通船など万国共通だろうが、やはり日本のそれと思われた。

練習航海で海外の艦船を見学したことはあるが、通船でも細かい部分で日英米は違う。

通船なら信号を交わすための照明器があるはず。確かにあった。電池も生きている。そうして見渡すと、漢字が幾つか読めた。

太平洋上をこんな通船が、よくも沈まずに漂流しているものと思ったが、海面は鏡のように凪いでいる。

太平洋という名称はマゼランが世界一周を行っていたときに、大西洋と比較してあまりにも穏やかなので、太平洋と名付けた。嘘か本当か知らないが、和田砲術長はそんな話を読んだか聞いた事がある。

それからすれば、この鏡にような海面こそ、まさに太平洋だ。

しかし、それにしても、この通船はどの軍艦のものなのか？　和田砲術長は、所属軍艦名が書かれているはずの船首部分を見る。そこには「ヤ　マ　ト」と書かれていた。

最初、和田砲術長は、その文字の意味がわからなかった。むろん「ヤ　マ　ト」が「大和」であることはわかる。

わからないのは、どうして大和がこんなところにいるのかということだ。戦艦大和はトラック島にいるのではないのか？　今回の作戦では戦闘序列に大和の名前はない。

あるいは同名の別の船の可能性も考えたが、この通船は明らかに日本海軍のものである。

先代の大和の通船が漂流して、いま和田と遭遇したという強引なことも考えたが、先代の大和は東郷平八郎が艦長だった時代のもので、日露戦争前の通船が、残っているなどあり得ない。

トラック島の大和の通船が流れてきたならば、筋は通りはするが、それはもはや説明のための説明だ。

軽巡洋艦長良が敵軍の攻撃で沈んだのか、健在なのかはわからない。ただ自分が投げ出されて救助されないとしたら、長良は駄目だったのかも知れない。

和田砲術長は、そんなことを考える自分を叱る。不確かなことを気に病んでもはじまらぬ。

それよりも、これからどうするか？　何かしなければ早晩死ぬことになる。通船には、水筒があり、水が入っていた。これで一日か二日は生きながらえる。

さすがに食糧までは無かったが、水がなければそれまでだ。

さらに通船であるから、帆もない。もともと艦艇の清掃など、作業船であるから、外洋を移動するには向いていない。

ここで大きな波が来れば転覆する程度の船である。

結局のところ、助かったと言えるのかどうか。助かったのではなく、単に死ぬのが延びただけだ。

もっとも和田は完全に希望を失ったわけではない。

自分が漂流していたのは数時間のことだろう。潮流のほどはわからないが、ガダルカナル島が航空基地の戦いであるなら、偵察機が自分を発見する可能性はあるだろう。

うまくすれば潮目が変わって、再び通船がガダルカナル島に接近するかもしれない。

幸いにも海面は鏡のような穏やかさが続いている。しかし、和田砲術長は、落ち着いてくるにつれて状況の異常さに気がつく。

海面が穏やかなのはまだしも、潮流すらないとはどういうことなのか？　さらに空に見える星空もおかしい。

確かに星空だが、和田砲術長が知っている星座がない。南半球だから、馴染みのない星座と

[1]　軍艦のこと。

いうのではない。和田とてソロモン方面に来て数カ月にはなる。ここがどんな星座かはわかる。

　おかしいのは星空が北半球の空ではないだけでなく、南半球の星座でさえないことだ。

「あれがユゴス星か……」

　和田は自分の言葉に驚いた。ユゴス星とは何か？　しかし、なお驚いたのは、彼はその星を知っていたことだ。言葉にはできないが、それがなにか彼にはわかっていた。

　そして彼は自分がいるのは、地球の海であり、地球の海ではないことを理解した。

　そんな和田の心を待っていたかのように、艨《もう》艟《どう》[1]の姿が現れる。鏡のような海面を、その巨艦は艦首波さえ立てずに接近して来た。そうして艦首の第二砲塔の下辺りから、係船桁《けいせんけた》が展開された。

　軍艦から内火艇などに乗り移るときに用いる桁だ。その桁の下には索梯子《つなばしご》が降ろされている。和田は通船の係維索《けいいづな》を索梯子に引っかけ、通船を固定する。

　艦首波も立てていないのに、やはり軍艦は進んでいるのだろう。通船は索梯子に繋がれると、そのまま引っ張られるように移動して、船首の向きを軍艦と揃えている。

　和田中佐は、誘われるように索梯子を登り、軍艦に降り立つ。それは紛れもなく戦艦大和であった。

　彼も外から戦艦大和の姿を見たことはあったものの、じっさいに乗り込むのはこれが初めてだった。

そしてすぐに、その戦艦大和の不自然さに気がついた。夜なのに、艦の様子がわかることも不思議だったが、それよりも軍艦そのものに和田は違和感を覚えていた。

まず彼がトラック島などで見た戦艦大和と比べると、この大和は明らかに対空火器が増設されている。

そうでなくても戦艦は対空火器が多いものだが、この大和の対空火器は尋常ではない。ハリネズミという表現が当てはまるほどの水準だ。

それと関連して異様なのは、この戦艦大和に少なからず、戦闘の爪痕が残されていることだ。先ほどから甲板を歩いていて、靴を通して足裏に感じるのは、明らかに機銃の薬莢だ。

日本海軍は薬莢をこんな風に放置したりなどしない。片付ける間もなく激戦が続いていた……そう言うことだろう。しかし、いまは夜であり、誰と闘ったのか？

――ハスターの眷属。和田の脳裏にそんな言葉が、囁き声を聞くように浮かぶ。ハスターとは何か？　和田はそれが何かわかったような気はしたが、しかし、言語化はできなかった。

この戦艦大和のすべてがそうだ。わかっているが、言葉にできない。

和田中佐は、導かれるように艦内へと入ってゆく。艦内は甲板上とはまったく違っていた。

最初に感じたのは硝煙ではなく、消毒薬の臭い。人工照明の通路には、負傷者たちが横たわっていた。激戦があったことは一目瞭然だ。

負傷者で、多少とも身体が動く将兵は和田に対して敬礼をするが、多くはそんな気力もわかないらしい。

ただ和田中佐は階級もばらばらの一団に、違和感を覚えていた。彼らが着用しているのは、日本海軍の軍服には違いない。しかし、その軍服の質が、自分のそれと比較して、あまり上等に思えなかった。

自分が佐官であるから、下士官兵より上等な着衣という話ではない。下士官兵なら軽巡洋艦長良にもいた。ただ彼らの着衣は目の前の将兵のそれよりも、材質や縫製《ほうせい》がもっと上等だったと思うのだ。物資の困窮《こんきゅう》具合が、そこに反映されているように思えた。

しかし、彼らは本物だ。本物の海軍軍人だ。

そしてこの戦艦も間違いなく大和だ。


「砲術長！」

和田中佐は、突然、声をかけられた。それは戦艦大和の砲術科に属していることを示す記章をつけた、海軍将校だ。階級は少佐である。

和田は彼をどこかで見た覚えがあるが、名前がなかなか出てこない。

「小泉中尉か？」

少佐に向かって「中尉か？」もないものだが、長良の砲術科にも相応の人数の人間がおり、ワードルーム（士官室）に入れない中尉あたりの名前や役職までは完全に把握できるものではない。

かすかな記憶から思い出したのが「小泉中尉」であり、それ一つで固有名詞のようなものだ。

「いまは、軍艦大和の機銃長です」

「そうか、出世したな。直井艦長は無事か？」

「艦長は、ニューギニアの闘いで……残念です」

「航海長や機関長は？」

「航海長はソロモン海で散りました、機関長は軽巡矢矧《やはぎ》に異動になったはずです」

「そうか」

和田中佐はこの会話のおかしさには気がついていたが、しかし、そのおかしな会話がここでは自然に思えた。

なにしろ小泉中尉は、さっきの戦闘では軽巡洋艦長良に乗っていたのである。一日も過ぎない間に、どうして同じ人間が少佐となり大和の機銃長となっているのか？　だが、いまのこの空間では小泉少佐が機銃長というのは、少しも違和感はない。

「ここでは何ですから、こちらに」

小泉機銃長は、いささか強引に和田を艦内の人気の無い場所に案内する。

大和のことは和田もほとんどわからないが、そこは不自然に広い空間で、鉄製の籠《かご》のようなものが置かれていた。籠の中には細長い金属製の筒がならんでいる。

「大和の格納庫です。搭載していた艦載機は全滅したので、こうして噴進弾の保管庫です。敵が来たら、ここから噴進弾をお見舞いするんですよ」

「そうなのか……」

戦艦大和は多数の弾着観測機を搭載していると聞いていたが、それが全滅するとはどんな闘いなのか？　艦の状況からわかるのは、激しい対空戦闘が行われたということだ。

「砲術長の話は本当だったんですね」

「私の話が本当とはどういうことだ？」

「和田砲術長は、救助されたときに、この軍艦大和に救助されたと証言したんです。そこで機銃長だった私と会ったと。

信じられませんでしたよ。でも、砲術長の予言は正しかった。自分も敵襲で何度も死にかけた。

ある時などは、敵機の機銃掃射で、隣の人間が頭を噴き飛ばされたのに、自分は鮮血を浴びただけで、無傷だったこともあるほどです。

それでわかりましたよ。自分は軍艦大和の機銃長になるまで死ぬことはないのだと」

「死ななかったのだな」

「はい」

「私は正気なのか？　いや、貴官に尋ねるのは無意味だろうが」

「和田砲術長は、自分にそう尋ねたと仰ってました。その時、自分は砲術長は正常と応えたそうです」

「だとすると、いまは昭和一七（一九四二）年ではないのだな？」

「いま、とはどういう状態を意味するかにもよりますが、自分らは昭和二〇年四月で時計の針は止まっています」

「昭和二〇年四月!?」

将兵の制服の質の低下や急激に増えている対空火器は、なるほどいまが昭和二〇年四月なら説明がつく。

しかし、なぜ自分はここにいる？

「その昭和二〇年四月で時計の針が止まっているとは、どういう意味だ？」

「文字通りの意味としか……。

我々は敵への復讐を誓った。クトゥルフは、そんな我々に復讐への手助けを申し出た。我々はそれを受けたのです。

そしてそのことで、我々自身がクトゥルフの呪いに捕らわれてしまった」

和田砲術長は、誘われるようにここにたどりついた理由がわかった。自分はその呪いを解くために、この軍艦に導かれたのだ。

しかし、呪いを解くとして、どうやって？

どうして自分にそれができる？

「呪いを解くためにはどうすればいいのか？」

「自分達の呪いは自分達で解くよりありません。外にいる自分達が、呪いを解ける」

「外にいる自分？」

「そろそろ時間です。これ以上、ここにいれば砲術長とて戻れなくなってしまいます」

「君は戻れないのか？」

「この軍艦には和田砲術長は乗っていません。だからこそ戻ることができるのです」

次の瞬間、和田砲術長は、再び甲板上にいた。そして小泉少佐に向き合う。小泉の背後には、負傷したものや、そうでないもの数百人が控えているように見えた。

彼らは沈黙していたが、その沈黙の中に、和田へ恐ろしいほどの期待が感じられた。

「貴官らは三年後の未来にいるのか？」

「我々に時間は意味を持たない。それがクトゥルフの罠なのです。砲術長は魔の海域と呼ばれるものをご存じですか?」

「魔の海域?」

「小笠原沖の三角形の海域や米国ならバミューダ島の三角形の海域などです。そこでは古来より理由もなく船舶が沈められていた。

我々は英米への復讐《ふくしゅう》を望んだ。そしてクトゥルフにより、英米の船舶を撃沈する機会を与えられた。

いや、それを強いられた。大航海時代の帆船や石炭炊きの蒸気船を我々は撃沈し続けた。それらは英米の船舶だった。それが呪いです。呪いは三年後から始まり、すでに数世紀も続いている。

この呪いは昭和二〇年四月を過ぎたら、もはや何人にも解くことはできない。運命の日は、早ければ早いほどいいのです。大和による海の犠牲が増えれば増えるほど、クトゥルフは強くなる」

「いつなのだ、その運命の日というのは?」

「それは自然にわかります」

そして次の瞬間、和田は大型の内火艇に乗っていた。手には陸戦隊が用いる、ベルクマンの機関短銃があった。

「護身用です。何かやってきたら、それで応戦して下さい。砲術長が外に出られたなら、我々の呪いを解く準備ができるでしょう」

小泉の声だけが頭の中に聞こえた。内火艇は和田が手を触れないのにエンジンを始動し、前進する。鏡のような海面に、内火艇の船首波だけが広がっている。

「ん!?」

内火艇の周囲を鮫か何かが泳いでいる。しかし、それは鮫ではない。もっと忌まわしい何かだ。それが内火艇の周囲にいる。それが和田にはわかった。

突然、内火艇の舷側に手をかけるものがある。それは人間のような魚であった。和田中佐は、その化け物に機関短銃の銃弾を叩き込む。

不快な叫び声と同時に、化け物は海に消える。しかし、別の化け物が内火艇に上がろうとする。和田は再び銃弾を化け物に叩き込む。

銃弾が切れれば、銃床で化け物を海に叩き落とし、円形弾倉を交換する。


どれほどの時間が経過したか、和田は化け物との闘いで疲労困憊《こんぱい》していた。その間にも内火艇は前進を続け、気がつけば周囲は明るく、波もある。

そして化け物の気配も嘘のように消える。

「抜けたか……」

戦艦大和が捕らわれていた呪いの場から、和田中佐は逃れることができたらしい。

ほっとして、和田中佐は意識を失った。気がつくと、和田中佐は、駆逐艦時津風《ときつかぜ》の医務室にいた。海上を漂流中に救助されたという。

そして、彼はそのままトラック島の病院に入院となった。入院とは言うが、隔離に等しかった。

「何があったのだ、和田」

和田中佐が最初に面会を許されたのは、海兵時代の友人だった木下中佐だった。いまは連合艦隊の参謀の一人という。

「何と言われても……」

和田は木下中佐にすべてを語った。信じられるとは思わなかったが、適当な嘘が吐けるほど和田は器用ではなかった。

じつは木下に語ったのと同じ証言は救助に当たった時津風の軍医にも話していたし、彼の勧めで報告書も提出していた。木下はその報告書に基づき、正式な聞き取り調査、早い話が尋問に訪れたらしい。

そして木下は、和田が見る限りでは自分の話を信用してくれるように思えた。

「確かに話の辻褄《つじつま》はあうな」

木下中佐の言葉は、和田中佐には意外だった。疑われて当然と思っていたためだ。

「和田を時津風が救助したとき、お前は軍艦大和の内火艇に乗っていた。どこからどう見ても大和の艦載艇だった。

問題は、同じ艦載艇が二隻存在したことだ。トラック島の大和と和田が乗っていた内火艇の二隻だ」

「同じ内火艇が二隻存在したということか？」

「当初は、そう思われていた。

しかし、話はもう少し複雑だ。和田が救助される前日に、大和の内火艇の一隻が、原因不明の火災事故で失われた。

乗員を移動中に突然、機関部から炎上して、沈んでしまった。だから新たな内火艇を軍需部に申請しようとしていた矢先に、和田は救助された。内火艇の日誌を見ると、記載内容から判断して、失われた内火艇の代替こそが、和田、お前が乗っていた内火艇だったんだ」

「つまり同じものは同時には存在していなかった……」

和田は小泉が言ってた、大和には和田は乗っていないという意味が気になっていた。

和田は大和の乗員ではないのは明らかだ。そして昭和二〇年四月の段階でも大和の乗員ではないのだろう。それは不思議な話ではない。

三年後には自分も大佐になっていようし、軍艦の艦長が大佐であるなら、順当な人事でなら、自分は他の軍艦の艦長なり部隊長であって、大和の艦長ではない。

最初は、そんな風に考えていた。しかし、小泉の言葉の意味はもっと違うのではないか。

もしかすると昭和二〇年四月かもっと早い時期に、戦艦大和はクトゥルフの呪いで同じ海域に二隻が現れる。つまり戦艦大和の固有乗員は同時に二人存在することになる。その運命の中で、あの時、和田だけは戦艦大和の運命の外にいた。そういう意味ではなかったか？

「小泉中尉は無事か？」

「長良の砲術科の小泉中尉か？　無事だ。長良は大破したが、本国に曳航《えいこう》され、現在修理中だ。小泉中尉は大破した長良での勇敢な働きから、感状も出ている」

「そうか、小泉はやはり無事か」

「和田の乗っていた内火艇は、そのまま大和の備品になった。日誌には矛盾はないし、あの内火艇はどこをどう見ても大和の備品だ。だからそのまま回収という扱いだ」

「回収か……」

「正直、お前の証言にGF司令部も頭を痛めている。昭和二〇年四月になっても、戦争が続いていることに、山本大将は不機嫌だ。

軍服の質まで安っぽくなっているのに、戦争が続いている。しかも不沈艦と言われる大和で、通路にまで負傷者があふれているというのは、どう考えても勝ち戦じゃない」

「信じたくないから信じないのか？」

「信じたいとか信じたくないという問題ではあるまい。和田の話はおかしなことが多すぎる。

クトゥルフとかいう意味不明の存在や、呪いの話は無視するとして、どうやって人間が三年後の世界に行けるのか、そして戻ってこられる？　イギリスには『タイムマシン』という小説があるそうだが、お前の話はまさにそんな内容だ。

しかし、特殊な機械で時間を移動するならまだしも、お前は未来の軍艦に移動し、未来の軍艦から戻って来た。言うまでもなく、軍艦に時間を操る装置などない」

「それはそうだが……」

「不思議なのは、お前は三年後の世界に行きながら、どうして戦局について質問しなかったのか？　敵軍の動向がわかるだけで、我々の爾後《じご》の戦況を転換できたかも知れぬのに」

それは和田もじつは気がついてはいた。しかし、あの場の雰囲気というと、そんな質問ができるものではなかったのだ。とは言えそれが木下に理解できるとは思えない。

そもそも木下は、それを持ちだしてはいるものの、そこまで本気で言っているとも思えない。

「結局は、GF司令部も私の話を信じてはいないのだな」

和田としては、そう結論するよりない。何よりもそれが常識的な意見であることを、和田自身も納得しているのが辛い。

しかし、木下は意外なことを言う。

「信じないのではない。信じ難いのだ。それは信じないとは異なる。何より内火艇という物証がある。お前の証言だけなら精神状態で説明をつけられようが、内火艇の問題は残る。

しかも、原因不明の事故で失われた代替艇に乗ってお前は現れたんだ。信じ難くとも、尋常ではないことが起きているのは明らかだろう」

そして木下は言う。

「和田、お前の証言は、あの報告書ですべてなのか？　他に報告すべき情報があるのではないか？」

「情報とは？」

「この戦争がどう言う形で終わるのか、それをお前は知っているのではないか。GF長官は、それを何より欲している」

それはある意味で信じられないよりも辛い。戦争の終わり方、そんな話は彼も知らない。しかし、どうして自分はその疑問を持たなかったのか？　それは和田自身にも驚きだった。

「それを確認するだけの時間はいなかった。小泉との会話も、実際は数分だった」

「本当に数分だったのか？」

木下中佐が挑発的に尋ねる。

「疑うのか？」

「状況から考えてな」

「なぜだ！」

「和田、今日が何日かわかるか？」

「長良の戦闘が八月末だから、いまは、そう昭和一七年の九月上旬じゃないのか？」

「今日は昭和一八（一九四三）年二月二日、和田、お前は半年間行方不明だったんだ！」

六章　邪神罠

「副長」

キランド大佐は、側《かたわ》らの副官に話しかける。

「なんでしょうか、指揮官」

副長も緊張した口調で聞き返す。もうそろそろ、船団にとって、もっとも生還率の低い海域に突入する。

それは統計的に生還率が低いのであり、明確に、何がいけないと決まっているわけではない。しかし、それは公式見解であり、現場将兵の意識とは違う。

「例の噂を聞いたか？」

「噂？」

「日本海軍の大和とかいう戦艦、我々だけではなく、日本の船団も襲撃したって噂だ」

キランド大佐も、将兵を不安にするような噂を任務中に口にすることが望ましくないくらいはわかっている。

しかし、この任務では、それをことさら無いことにするのも不自然な気がしたのだ。

「日本の船団も襲撃した!?　いえ、そんな話は聞いたことがありませんが」

「そうか、私も司令部に行く途中で、情報参謀の一人から世間話で聞かされただけだ。

なんでも我々のような小規模船団同士が遭遇戦となり、その時に大和が現れ、周辺の船舶を敵味方なく攻撃したそうだ。互いに全滅には至らなかったらしいがな」

「全滅なら証言者もいませんからな。

しかし、敵味方の区別もつかないというのですか、その戦艦は？」

「戦艦大和と言われてるものは、じつは日本軍の戦艦ではないという話もある。

情報部によると、トラック島に大和も僚艦の武蔵もいるらしい」

「三隻目は？」

「日本で建造中という話だ。だから大和が活動しているのはあり得ないらしい」

「幽霊戦艦って噂もありますね。あれは人間を呪っているんだと」

「そうなのかもしれん。戦争に勝敗がつかないまま、延々と人々が死んでいく。奴の望みはそれかもな」

昭和一八（一九四三）年六月。インゴルフ・キランド大佐は、ＴＧ６７任務隊に属する輸送部隊六隻の輸送船とフレッチャー級駆逐艦ヒーアマンと同ホーエルを指揮していた。

部隊の旗艦はヒーアマンに置かれていた。フレッチャー級駆逐艦は、それまでの米海軍駆逐艦とは異なり、軍縮条約の制約を受けない、合理的な設計の駆逐艦となっていた。つまり装備の充実とそれに対する適切な排水量であり、つまりは艦の大型化でもあった。

しかし、ヒーアマン以降のフレッチャー級は、従来型よりも違っている点がある。それは量産性を重んじた簡略化だ。

もともと戦時量産を考慮して設計された駆逐艦であったが、工期短縮のために、それがいっそう進められていた。

フレッチャー級駆逐艦ホーエル

ただこの合理化は資材の節約ではなく、工期短縮を意図していたため、排水量は工作のしやすさを考慮して、むしろ原設計より拡大していた。

排水量の増大は、同時に抗堪性《こうたんせい》を期待しての事でもある。作業がしやすいのは、損傷時に応急処置が容易ということで、それが抗堪性につながる。

米海軍をしてそうした設計変更を選択するに至ったのは、太平洋戦域での駆逐艦の損失増大のためである。

その主たる原因はガダルカナル島という孤島にある。この島は日本海軍が航空基地を建設しようとしていた島であり、アメリカがオーストラリアとの交通線を維持するためには、日本の基地化は容認できない島である。

だからこそ海兵隊が投入され、飛行場を占領した。日本軍の倍以上の戦力を投入したのであり、ガダルカナル島の占領は時間の問題と思われた。

ところがそうはならなかった。日米間の島をめぐる戦闘は激烈であり、制海権はもとより、制空権すら日米共に掌握することが出来ないでいた。

日本軍の飛行場を奪取した米軍としては、制空権を確保できないのは信じ難い問題であるばかりでなく、深刻な問題であった。

制空権を確保できないのは、日本軍による飛行場への攻撃と、補給が安定しないためだ。そしてこの両者は密接に関係していた。

ガダルカナル島の滑走路は、何度となく日本海軍艦艇の砲撃を受け、損傷を受けていた。

最初の頃は、砲弾による穴はブルドーザーなどですぐに補修ができた。しかし、攻撃が頻発すると、補修も容易ではなくなり、ブルドーザーの故障も起こる。

そうして航空機が使えない状況で、さらなる攻撃が行われ、航空基地の安定運用は容易ではなくなっていた。

攻撃が頻発することは、友軍からの補給が安定しないことと等しい。何よりも辛いのは、補給を待つ米軍部隊の目の前で船団が撃破されたことが何度もあったことだ。

この結果、ガダルカナル島の将兵の士気は著しく下がっていた。現状は、生きてはいるが、闘えない。そんなところだ。

しかし、厄介なのは、日本軍もまた補給に問題を抱えていることだった。もともと輸送戦力が少ないのだろうが、艦隊の小競《こぜ》り合いで引き返す船舶もあり、十分な補給が出来ないでいた。

このような状況が続いているため、最近は日米間の戦闘は、海では起きていても、島の上では起きていない。

航空戦力も限定的で、敵軍を一掃できるほどの戦力を、日米両陣営ともに、揚陸に成功していなかった。島の上では日米両軍が、わずかな補給だけで、無意味な死闘を演じている。それがガダルカナル島の現状だ。

どちらかに圧倒的な戦力があれば、どちらかは島を捨てただろう。しかし、膠着《こうちゃく》状態が続いているが故に、どちらも島を捨てて撤退する決心がつかない。

だからこそ昭和一八(一九四三)年六月になっても、島を巡る決着はつかなかった。

米軍にとって、駆逐艦のデザインの変更を強いるほどの問題が生じていたのは、日本海軍の戦艦にあった。ただし、正体ははっきりしない。

そもそもその戦艦との遭遇において生存者は少なく、敵艦が何者であるかの識別は容易ではない。

それでも数少ない生存者の証言から判断すると、その戦艦は日本海軍の大和型戦艦のはずであった。

大和型戦艦は日本には大和と武蔵の二隻しかない。そして知られている限り、戦艦武蔵は連合艦隊旗艦としてトラック環礁にある。

そして僚艦の戦艦大和もそこに在泊しているはずであった。しかし、それならソロモン海で米海軍を痛打してきた、あの戦艦はなんなのか？

おかしな点は多々ある。日本にせよアメリカにせよ、戦艦は単独行動をまずしない。潜水艦や飛行機の脅威があるのが現代戦だけに、護衛の駆逐艦などと行動を共にするのが常識だ。

しかし、問題の日本戦艦は、常に単独で活動し、たった一隻で米艦隊を壊滅させてきた。戦艦や空母も鎧袖一触で撃沈され、巡洋艦も餌食《えじき》になった。

ただ幸か不幸か、戦艦大和らしき軍艦は、輸送船団や駆逐艦への攻撃は不徹底だった。むしろさほど関心がないと言うべきだろう。まったくの無関心ではないのは、多大な輸送船団の損失でも明らかだが、戦艦や空母を相手にしたときのような徹底さはない。

ガダルカナル島を巡る状況は、一つにこれがある。日米共に最低限度の補給は維持できるために、両陣営ともに決定打を出せず、膠着状態を続けている。

米海軍にとって深刻なのは、艦隊編成上の艦艇の数が、大和一隻のためにアンバランスになっていることだ。

部隊指揮をとるための巡洋艦以上の軍艦が不足し、船団程度ならすべて駆逐艦にしなければならない。巡洋艦の建造は前倒しではあるが、今すぐには間に合わない。

＊1　駆逐艦隊を指揮する旗艦のこと。

それまでの穴を埋めるために駆逐艦に頼らざるを得ず、小規模部隊の指揮を委ねるための、かつての嚮導《きょうどう》駆逐艦＊1的なものが必要になった。

最新の駆逐艦が排水量を拡大されている事情の一端は、そこにあったのだ。

「艦長、レーダーが船舶を捉えました。三隻です。大きさから貨物船と思われます」

「日本軍の輸送船団か？」

「状況的にそうではないかと」

日本軍と米軍では、ガダルカナル島への荷揚げ拠点が異なる。当初は桟橋《さんばし》や埠頭を建設する動きもあったが、両陣営とも真っ先に叩きつぶすのが敵の揚陸施設であり、いまは日米共に貨物船から舟艇で海岸に揚陸する方法をとっていた。

これはこれで揚陸時に非常に脆弱《ぜいじゃく》な状態を晒すことになる。したがって揚陸作業は深夜となるが、結果的に日米が鉢合わせる機会も増える。まさにいまのように。

「攻撃しかけますか？」

キランド大佐にとっては判断が難しい問題だった。レーダーでは貨物船三隻と言っているが、じっさいはどうなのかはわからない。補給の重要性は日本軍とて理解していよう。

三隻のうちの一隻が駆逐艦である可能性は低くない。そうなると攻撃を仕掛ければ、否応なく海戦となる。

こちらは二隻、あちらは一隻として、交戦すればこちらにも被害は出るだろうし、最悪、揚陸が中止となる可能性もある。日本軍が揚陸作業のことを知り、島の日本兵たちが揚陸地点に砲撃を仕掛けてくるかもしれないからだ。そういう前例もあるのだ。

味方の揚陸を成功させるために、あえて敵をやり過ごす。相手は護衛がないとしても三隻、こちらは六隻。物量は倍以上だ。

「揚陸の安全を優先し、こいつは見逃す」

キランド大佐はそう命じた。

「運のいい連中ですね」

「俺たちは善人よ」

キランド大佐の善人という言葉には、もう一つの意味がある。根拠はまったくないが、日本船団を見逃したなら、幽霊戦艦も自分達を見逃すのではないか。そんなことを、彼は考えたのだ。

しかし、日本船団はどんどん自分達に接近してくる。真正面から向かってくるわけではないが、距離は縮まっている。

互いにガダルカナル島を目指している以上、それはある意味で必然だ。

「日本船団、離れていきます」

「そうか……」

すでに日本船団は、レーダーに頼らずとも、目がいい奴なら確認できる距離まで接近していた。

キランド大佐の読み通り、駆逐艦と貨物船二隻だ。互いに相手の存在を目視し、そして何もせずすれ違う。

「奴も補給任務を優先したか」

自分の任務という観点から考えるなら、闘わないというのは理解できる態度だった。むろん闘うべきという意見もあろう。

キランド大佐とて、別の状況なら、やはりそう言ったかもしれない。しかし、いまの状況では互いにやり過ごすのが上策と思われた。

自分らの輸送船団の物資で、この膠着状況が変わるかと問われれば、おそらくは変わるまい。

日米共に現状維持のための補給。戦闘になれば、勝っても負けても船団は引き返すことになる。

それはあまりにも意味のない海戦だ。それで相手の空母を撃沈できるとでも言うなら、また違うのだろうが、闘っても傷つくのは駆逐艦に過ぎない。

死傷者を出さないで済むだけ、互いに黙認が一番だ。

「無為に死んで行く人間に、自分も厭《あ》いてしまったのか」

キランド大佐は、自分の心理をそう解釈していた。ここで流す血は、本当に誰のためにもならない。そして日本駆逐艦の艦長も、同じことを思っているのかもしれない。

あるいはこの戦争が終わり、この名前も知らぬ日本駆逐艦の艦長と会うことがあれば、彼とは語り合えることがありそうだ。

レーダーは、日本部隊が自分達から離れていると告げていた。結局、闘わなかった。

ヤキが回った、そう言われても仕方がないか。それは老いなのかもしれない。この戦域に身を置けば、何人であれ老いてしまう。

「艦長、敵部隊の反応が消えました」

キランド大佐は、その報告を、日本部隊が自分達と離れたためと解釈した。少し早い気はしたが、まぁ、そんなものか。

しかし、そういうことではなかった。

「突然レーダーから消えました、まだ、有効範囲内にもかかわらず」

「雷撃されたのか？」

突然船が消えるのなら、そう考えるのが普通だ。しかし、相手が三隻で、それが一度に消えることがあるのか？

「そうではありません。その、電波が消えてるんです！」

「電波が消える？」

「円形の領域で反射波がありません。船舶がいなくても、波によるノイズくらいはあるんです。それすらもありません！」

レーダー手の切迫した声は、単にレーダーの不調のためではない。それが例の幽霊戦艦大和が現れる兆しを意味するからだ。

幽霊戦艦大和自体が噂であり、だからレーダー云々も噂に過ぎぬ。しかしながら、死傷者が存在し、壊滅した軍艦や船舶は現実なのだ。

「総員配置！」

キランド大佐は命じるものの、それが意味を持つかどうか、確信はない。

幽霊が何かの間違いとしても、相手が戦艦なら駆逐艦にできる事は多くない。

火砲では立ち向かえない。唯一、有効なのは魚雷である。雷撃の準備を進めるが、雷撃するには接近せねばならない。戦艦がそれを黙って見ているか……。

「後方に砲口炎！」

見張員の報告に、キランド大佐は覚悟を決める。副砲か主砲か、ともかく敵戦艦の砲弾が飛んでくる。

だが、いつになっても砲弾は来ない。

「レーダー戻りました！　日本部隊を捕捉しています！　敵部隊、砲撃を受けているようです！」

「いまなんと言った？　日本戦艦が日本船団を攻撃しているというのか？」

「レーダーで見る限りはそうです！」

「馬鹿な！」

キランド大佐は、艦橋のウイングに出て、後方を見る。夜の海上に、巨大なドームのような暗黒がある。噂どおりだ。

そのドームを避けるように、先ほどの日本船団の姿が見える。どうやらレーダーに再度捕捉されたのは、彼らもこのドーム状の空間を避けようとしたためらしい。

ドームの中の様子はわからない。先ほどのマズルフラッシュは、駆逐艦の反撃によるものらしい。

だが彼らを砲撃しているものは確かにいた。射撃照準用に色素の入った砲弾により、オレンジ色の水柱が立ち上る。それは間違いなく戦艦の砲撃だ。

「敵も味方もないのか……」

砲撃はすぐに終わった。砲弾はほとんどが直撃で、水柱がのぼったのは、相手をいたぶっているからのようにさえ思われた。

そして駆逐艦ヒーアマンの前に水柱がのぼる。キランド艦長は、状況を平文で報告させる。もはやこの化け物を前にアメリカも日本もない。

彼は自分達の見たことを、ありのまま打電させる。報告を終えるのを待っているかのように、砲弾が駆逐艦を轟沈させた。

昭和一八年七月の時点でも、連合艦隊旗艦は戦艦大和であり、司令長官は山本五十六海軍大将であった。和田は駆逐艦時津風に救助されてから、退役を勧められるともなく、むしろ階級は大佐になったものの、外地の閑職《かんしょく》を転々としていた。

設営隊の隊長とか、軍需部の部長とか、大佐クラスの兵科将校でなければ務まらないが、適当な人材がいないというような閑職である。

設営隊などは、他の部隊の急設された隊長と会うこともあったが、人間として問題があって予備役編入されていたものが、現役復帰したというような人物で、正直、こんな隊長なら、むしろいないほうがいいのではないかというような人物だった。

だが自分のいまの境遇が、こんな人物と同レベルとなると、和田自身、暗澹《あんたん》たる気持ちになった。本来なら軽巡の砲術長から戦艦の砲術長なり、適当な軍艦の艦長になって然るべきキャリアなのである。

しかも和田の職場は毎月変わった。ニューギニアに行ったり、ペナンに行ったり、ラバウルに移ったり、様々だ。一つだけ確かなのは、前線ではなかったことだ。

和田にとって、海軍首脳の意図がまるでわからない。三年後の大和にいる一時間足らずの間に、自分は半年以上も行方不明になっていた。

だから敵前逃亡罪を適用するなら、納得はしないが理解はできる。しかし、それはない。敵前逃亡を図ったとは見なされていないわけだ。

では、精神の異常を疑われたのか？　確かに最初はそう考えられていた節がある。後方の衛戍病院へ収容されていたからだ。

しかし、内火艇という物証の存在は大きく、すぐに退院させられた。退院させられ、昇進し、閑職をたらい回しにされる。

問題があることを理由に、監獄に入れられるか、予備役編入なら上層部の認識もわかる。

逆に問題が無いのなら、そのまま然るべき部署に配置してくれればいい。

現役のままというのは、問題がないということであろうが、なら閑職というのはどういうことか？　和田には自分への待遇が納得いかない。

待遇が納得いかない理由の一つは、戦局にあった。ガダルカナル島の膠着状況はいまだに続いている。そしてそれが日米双方の戦略に大きな影響を及ぼしていた。

日米双方ともに船舶や艦艇の損失が大きく、それが作戦全体の展開を掣肘《せいちゅう》していた。

山本長官も一大航空決戦を計画していたもの

の、船舶不足から飛行機も燃料も輸送できないという状況だ。幸か不幸か、アメリカもまた決定打を出せていない。

　有能な指揮官の損失も少なくない。時に、指揮官不足で作戦を止めることさえあったと聞く。その状況でどうして自分は閑職でいるのか？　そんな鬱々としている中で、連合艦隊司令部から声がかかったとき、和田はうれしさよりも、むしろ怒りさえ覚えていた。遅すぎると。

　もっとも連合艦隊司令部にもある程度の自覚はあったらしい。その時はニューギニア方面で野戦築城の指揮に当たっていた和田を迎えに飛行艇が派遣された。

　和田の後任という、老人にしか見えない海軍中佐を降ろし、燃料を補給した後、飛行艇はトラック島を目指した。

　和田の任務がいままでのような閑職に就かされるわけではないのは説明されたが、具体的な任務は「知らない」と司令部からきた下士官はにべもない。

　もっとも下士官が知らないのは嘘ではないようだ。ただ彼の態度がいささか木で鼻をくくったようなのは、和田大佐について、あまりよい噂を耳にしていないためらしい。

　こんな奴を呼ばねばならない戦況が恨めしい、そんなところか。飛行艇からは陸に上がらず、内火艇に乗り移り、戦艦武蔵に向かう。武蔵も大和も内火艇は同じである。

　これが大和なら、和田が救助されたときの内火艇のはずだった。そこは考慮してくれたのか、たまたまなのかはわからない。

戦艦武蔵の艦上に上がったとき、和田はどうしても、あの幽霊戦艦大和のことを思い出さずにはいられなかったが、むしろ目についたのは、あの時の大和との違いである。

戦艦武蔵は、いまもって戦闘らしい戦闘に遭遇していない。どこをとっても汚れはなく、傷一つついていない。対空火器もあの時のハリネズミのような重武装ではなく、奮進弾はないが水偵は搭載されていた。

――これが三年の月日の差なのか？　和田は思う。いや、三年ではない。あれから一年が経過し、残された昭和二〇年四月まで、二年もない。そして小泉の話が本当なら、災悪の連鎖は、このわずかの期間の間に切らねばならないのだ。


戦艦に移動してからは、別の水兵が和田を案内する。そうしていま、和田は戦艦武蔵の長官室で、山本五十六司令長官と差しで向かっていた。

「どうやらついに貴官に出撃してもらわねばならないときが来たようだ」

山本は挨拶抜きのその言葉で、和田を出迎えた。

「出撃とは？」

「いままで貴官には髀肉《ひにく》の嘆《たん》をかこつことになっていたかと思う。しかし、それも終わりだ」

「小職を現役復帰させねばならないほど、将校の不足が深刻ということですか」

「貴官は予備役編入はされておるまい。閑職ながらも現役のままだ。

そうする必要があったのだ」

「そうする必要とは？」

「海から離さねばならなかったのだ」

「海から離す？」

「貴官の安全のためだ」

困惑が顔に出ていたのだろう、山本司令長官は、信じがたい話をはじめた。

「まず、最初に明らかにしておく。連合艦隊司令部は、いや、日本海軍は、貴官が体験した大和の証言を事実と認識している。

それは不本意な情報を少なからず含んでいるが、しかし、それが事実であるなら、認めざるをえない」

「失礼ですが、どうして長官は小職の体験を信じるのですか？」

それは海軍大将に対してかなり不躾《ぶしつけ》な質問ではあったが、山本司令長官は正面から応えてくれた。

「一つには大和の内火艇がある。じつはあれはいま使っていない。完全に解体して調べてみた。するとは興味深いことに、発動機の製造番号が製造元にはなかった。製造中の発動機の番号だった。刻印を打つ前のだ。だから同じ発動機は二つ同時には存在していない。

だから我々は再度、内火艇を発注した。そうなれば同じ内火艇が二隻存在することになる」

「それがいまの大和の内火艇ですか？」

「そうなると我々も考えた。しかし、現実はもっと不可解だった。製造工場で、問題の発動機は試験中に壊れてしまった。シリンダーケースごと鋳鉄が割れてしまった。

　発動機は作り直しとなり、製造番号は一つ飛んだ。つまり貴官が乗ってきた内火艇の発動機は、同時に二つ存在していないのではなく、存在するはずがなかったものだ」

「存在していない……なら、あの内火艇は……」

「我々もそれを考えた。だから帝大の物理学者に意見を求めたりもした。むろん思考実験として、話はもっと抽象化した。

　それによれば、貴官が昭和二〇年四月以降の未来の大和に導かれ、昭和一八年二月に戻ったことで、ある範囲内で歴史が改変されたと解釈できるらしい。

　私なりに解釈するならば、貴官が遭遇した戦艦大和は輪廻《りんね》に捕らわれているようなものだろう。彼らは、彼らの主観で輪廻から抜けられない。

　しかし、そこに外の世界から貴官が現れた。そして歴史が変わった。乗員達はそうやって歴史を変え、輪廻を破ることで、解脱《げだつ》しようとしているのではないか」

「むしろ成仏《じょうぶつ》では？」

「成仏……彼らを直接見た貴官がそう言うなら、成仏なのだろうな」

「それが、海軍が私を信じる理由なのですか？」

「理由の一つだ。

　実を言えば、貴官と同様の体験を報告している人間は他にも何人か、いるにはいるのだ」

　和田はそのことに驚いたが、小泉機銃長がクトゥルフの呪いからの解放を望んでいるのであれば、自分以外の人間にも働きかけるのは不自然ではない。

「ただ正直、貴官の証言があるまで、彼らの報告は我々にも精神の異常による妄言としか思えなかった」

「なぜです？」

「救助された何人かはアメリカの船員で、日本海軍はおろか日本のこともよく知らず、大和にも乗っていない。通過する大和を外から見ていただけだ。

何人かは日本の船員だったが、下級船員のため事情がわからず、日本語が通じるだけましという程度だ。彼らもまた戦艦には乗っていない。

それでも証言に共通するのは、戦艦大和に酷似した戦艦が、その戦場に存在したということだ。外から見た大和にたいする描写だけは詳細かつ、全員に共通していたのだ」

「大和ではない？」

「むろんだ。

大和はその時、トラック島にいる。そもそも大和は出撃してなどいない。

いまだから明かせるが、我々は貴官が遭難する以前から、正体不明の戦艦が米艦を撃破している事実を把握していた。

それほど不思議なことではない。米軍の通信や第三国経由で、彼《か》の国の新聞などを入手できたからな。

我々も当惑していた。ドイツ戦艦が太平洋に進出するはずもなく、イギリスが米艦を攻撃するなどもっとあり得ない。

チリやアルゼンチン、果てはソ連まで我々は疑ってみた。しかし、いうまでもなくそれらの国の戦艦ではなかった。

ただ我々としては、正体は不明ながらも米艦船を撃沈してくれる戦艦の存在はありがたかった。

空母や戦艦、他にも多数の輸送船団をこの幽霊戦艦は沈めてくれた。だから当初、我々はその存在を黙認していたのだ。愚かなことにな」

山本司令長官は口を閉じる。愚かにもと言った彼の表情は、確かに後悔の念に満ちていた。

「そもそも米軍を痛打してくれる正体不明の存在に期待するような態度こそが間違いであったのだ。

作戦参謀の中には、どういう状況だと幽霊戦艦が現れて敵艦を撃破してくれるか、統計を取って作戦を立てるものさえ現れたほどだ」

「それはまた……海軍軍人の本分をなんと心得ておるのでしょうか！」

「貴官もそう思うか？」

「はい。そのような他力本願な事で、国防の本義を果たすことはできないのではないでしょうか？」

「その通りだ！」

山本長官は、表情を歪め、叫ぶように言う。

「我々はその献策に従い、作戦を立て、実行した。貴官がまだ行方不明の頃だ。いや、実際にはすでに戦死として扱われていたがな」

「それで？」

「結果を言えば、幽霊戦艦大和はあらわれ、米空母ホーネットが沈められた。昨年末頃のことだ。

しかし、我々も戦艦榛名《はるな》を失った」

「戦艦榛名を……空母にやられたのですか？」

「幽霊戦艦にだ。そして我々はあの正体がわかったのだ」

「何なのですか？」

「死に神だ、あるいは悪魔か。

幽霊戦艦は日本の味方などしていない。最初からそんなつもりはなかったのだ。我々が都合良く解釈していたに過ぎんのだ。

あの幽霊戦艦の目的は一つ。より多くの人間の血を流すことにある。

あれが米海軍の艦船ばかりを攻撃しているように見えたのは、日本に味方していたためではない。日米の勢力を均衡《きんこう》させ、ガダルカナル島の攻防を膠着化させることが目的だったのだ。

すでに日米共に万を数える将兵を派兵している。撤収《てっしゅう》を試みる船団は必ず全滅した、アメリカはもちろん日本のものであってもだ。

先日も幽霊戦艦が、日米双方の小船団を護衛艦艇ごと全滅させた。いまや日米双方ともに、ガダルカナル島に自国の将兵を人質にとられたようなものだ。

補給を続けなければ将兵は死ぬ。だがこのまま先の展望もないままに、無為な戦闘を継続すれば、日本という国が死んでしまう」

和田は自分が行方不明になり閑職を転々としている間に、そんなことが起きていたことをはじめて知った。それは戦局とは違う、むしろ国難だ。

「それで私が呼ばれた理由は？　私を守るために海から離すとは？」

「貴官については調べさせてもらった。子供の頃、アメリカで生活していたね。マサチューセッツ州の港町で？」

「はい、父の仕事の関係ですが——、世界恐慌の頃には日本に戻りました」

「ならば警察や海軍による、港町の一斉検挙は覚えていないかな？」

和田は、それを聞いて一瞬にしてその時のことが思い出された。帰国してから一度も思い出したことがない記憶。それがいま、堰を切ったように記憶の底からあふれる。

町の道路を封鎖する海兵隊。包囲される港町。火炎放射器が町を焼き、駆逐艦が港に爆雷を投下する。

和田の両親は、たぶんそれを息子には見せまいとしていたはずだ。だが彼はそれを夢の中で追体験していた。焼き殺される側として。

「覚えていたようだな。

さきほどの救助されたわずかな船員や米兵もまた、同様の体験をしている。夢で見たり、あるいは現場にいたり。

それはクトゥルフという存在と何等かの関係があるらしい。一言でいえば、選ばれたとでもなるのだろう。あるいは選ばれてはいないが、ある種の障壁を通過しやすいと解釈すべきかもしれぬ。

ともかく貴官はそういう希《まれ》な星の下に生まれ

た人物であったらしい。

貴官は運がいい。あの時、アメリカにいたというのは……」

「どういうことですか？」

「先の世界大戦で、ドイツ潜水艦が大西洋で猛威を振るった。そこで連合国軍は潜水艦を狩るための装置を研究した。そうして潜水艦に対抗できるようになった。

だが、これは別の副産物をうんだ。海底に潜むのは潜水艦だけではない。クトゥルフの眷属《けんぞく》もまた暗躍していたのだ。

クトゥルフの眷属たちは、大海戦で死んで行く人間を貪《むさぼ》り、あるいは一部のものを仲間とした。

そう、人間の中には、クトゥルフの眷属の血をひくものがいるのだ。

戦争が終わり、列強が軍縮条約を結んだのも、人間以外の海の脅威に立ち向かうためだ。少なくとも当初はそうした意味があった。

このためクトゥルフとの関係が疑われる幾つかの海辺の町や村が密かに一掃された。貴官がマサチューセッツ州の港町で見たのはその活動の一つだ」

「日本でもあったのですか？」

「あった。日本でも幾つかの漁村が地図から消えた。貴官の本当の生まれ故郷と戸籍上の出生地は違う」

「小職が、その眷属の血をひく……」

「そう単純な話ではない。眷属と眷属の血をひくでは意味が違う。あの頃はそういうこともわかっていなかった。

ある意味、幽霊戦艦大和とは、眷属たちの我々に対する復讐なのかも知れん。

ともかく、貴官はクトゥルフの眷属に目をつけられやすい立場にいる。あの戦艦に乗って生還したのは貴官だけだ。その貴官が、呪いを解く鍵となるとなれば、海上勤務は危険過ぎる。

安全を確保できるまで、陸上勤務に就けるよりなかったのだ」

「なら安全が確保できたと？」

「これが手に入ったからな」

山本司令長官は、和田に星形の石を見せる。

「これがあれば連中も手を出せないと聞く。ペナンから取り寄せた。もともとはペナンに入港したドイツの潜水艦が運んできた石のうちの一つだ」

その石は和田の手のひらの中で、かすかに熱を帯びていた。そしてかすかな痛みを覚えるのは、自分に流れる眷属の血のためか。

「貴官にはまず新鋭巡洋艦矢矧の艦長に就いてもらう。すでに海軍省の人事も通っている」

「お言葉ですが、いかに新鋭軽巡と言えども、戦艦大和と闘えば勝てないのでは？」

「むろんだ。軽巡と戦艦を闘わせるような真似はできん。しかし、連合艦隊の総力をあげて幽霊戦艦大和を撃破するためには、軽巡は重要な戦力となろう」

「先ほどの軍縮条約が国境を越えてクトゥルフと闘うためのものであるなら、日米の連携はないのでしょうか？」

「理屈を言えばそれが理想だ。しかし、アメリカから見れば、日米連携に利点はない。消耗戦の終結は、相対的に日本の利益になってしまう。それに彼らは、自分達だけで大和を始末できると考えているらしい」

「それは確かなんでしょうか？」

「現場レベルでの非公式の交渉はあったのだ。決裂してしまったがな」

「ならば、すべてをアメリカに任せれば？」

「それは一見すれば有利に見えるが、同時に我々はアメリカに主導権を渡すことになろう。それに、おそらくはアメリカに大和は倒せまい。

　幽霊戦艦ははっきりとは言わないが、彼らがまだ帝国海軍の戦艦であった時に、アメリカ海軍に沈められる未来を持っている。それをさらに沈めても呪いが重層化するだけだ。彼らの呪いは日本海軍にしか解けないのだ。貴官だけが呼ばれたのは、つまりそういうことだ」

　山本五十六連合艦隊司令長官はそれだけしか口にしなかったが、和田にはそれが何を意味するかがわかっていた。

「小職は、大和を誘い出すための囮になる、そう言うことですね」

　山本はそれを否定しなかった。


　戦艦ウェストバージニアは、真珠湾攻撃で一度大破した戦艦であった。しかし、すぐにサルベージが行われ、その過程で近代改装も施されれた。

戦艦ウェストバージニア

当初の計画では一九四四年に太平洋艦隊に復帰予定であったが、ガダルカナル島攻防戦における主力艦の喪失が相次いだことから、サルベージ作業の完了予定は何度か前倒しされた。

そうして近代改装を終えた後、戦艦ウェストバージニアは単独でガダルカナル島に向かっていた。

「本当にクトゥルフなどというものがいるのか?」

ウィリアム・W・スミス艦長は、太平洋艦隊司令部ではなく、国防総省から派遣されてきたその男に問う。

男の名前はザルコフといい、祖先はドイツ(プロイセン)人だが、ナポレオン戦争の頃にロシアに住みつき、その後の革命の時にドイツに戻ったが、ヒトラー政権になりアメリカに亡命した。

スミス艦長はそんな説明を受けていたが、実際のところ、それが本当かどうかはわからない。そもそもザルコフという名前からして本名かどうか疑問だ。

黒のスーツ姿で、アタッシュケースを持ち、艦艇に乗るには不自由なほどの長身だ。身分証では合衆国市民であったが、言葉には妙な訛《なま》りがあった。

スミス艦長は言語学者ではない。だから訛りで出身地を特定はできないが、ザルコフの訛りはドイツ訛りとも違う気がした。

「いると言ってもいないと言っても意味はあるまい」

ザルコフの訛りは、ドイツ訛りというより、東海岸育ちの沖仲仕《おきなかし》かなにか、ブルーワーカーの訛りに思えた。訛りというより浜言葉か？

「どう言う意味だ？」

こいつはドイツ系ロシア人などという面倒な国籍ではなく、単に育ちの悪いアメリカ人なのではないか？

スミス艦長は、ザルコフの不躾な振る舞いにそんな印象を持っていた。

「言葉通りだ、いると言ってもあんたは信じまい。いないと言ったところで、クトゥルフにとっては痛くも痒《かゆ》くもない。だから無意味だ」

「では、君は何をしにやって来たのか？」

「あんたがどう考えようと、国防総省はクトゥルフはいると思っている。だから俺がやって来ただけだ。

俺が何をするのか説明は受けていないのか？」

「君の指示に従えというだけだ」

「なら、指示に従え」

「従うのは命令だから従うが、それでも作戦を効果的に行うためには、作戦の大枠を知っている必要がある」

「面倒だな、軍隊は。

敵戦艦を撃破する。あんたらが大和と言ってる戦艦をな」

「君が戦艦を仕留めるというのか？」

「馬鹿か、あんたは。俺一人で戦艦を沈められると思うか？」

ザルコフの話はまったくその通りだが、その言い方はスミス艦長の神経を確実に逆なでする。

「それなら何のために乗り込んでいるのだ？」

「あんたにそれを知る権限は与えられてはいまい。俺は国防総省から来てるんだ。俺にはあんたらに貸しがあるからな」

「貸しだと!?」

「いずれわかる」

ザルコフはしかし、スミス艦長を愚弄するためだけに戦艦ウェストバージニアに乗艦しているわけではなかったのも事実であった。

彼は天測をし、何やら古い書物を持ち出し、複雑な計算を行いながら、自分達の向かうべき針路を割り出し、指示を出す。

「敵部隊と遭遇した場合はどうなる？　作戦上、この針路は維持できんぞ」

スミス艦長は、そう抗議するが、ザルコフは表情も変えない。

「我々は日本艦隊とは接触しない、この針路上に日本艦隊はいない。接触するのは敵だけだ」

その敵が噂の幽霊戦艦を意味しているらしいことはスミス艦長にもわかった。

――ザルコフは幽霊戦艦と何かかかわりがあるのか？

根拠があるわけではないが、スミス艦長は、ザルコフはどういう形かはともかく、幽霊戦艦と何らかの関係があるような気がした。それはザルコフが持つ腐臭めいた雰囲気からの連想に過ぎないが。

言ってしまえばスミス艦長の勘だ。しかし、スミス艦長は、いまここでの自分の勘を信用できる気がした。

「我がウェストバージニアが幽霊戦艦と闘って勝機はあるのか？　いままで幾つもの軍艦を沈めてきた相手だぞ」

「あんたはどうして奴がこちらの戦艦を沈められたと思う。いや、どうしてこちらの戦艦が奴に傷一つつけられなかったか？　が正しいか」

「私が知らない答えを、君が知っているのか？」

「だからここに俺はいるんだ。面倒なことはあんたに言ってもはじまらん。要するに、幽霊戦艦は結界のようなもので守られているんだよ。それを破れば奴も沈められるのさ」

「君がその結界を破ることができるのか？」

「それは時期が来ればわかる」

スミス艦長は顔にこそ表さないが腹が立った。ザルコフの傲岸《ごうがん》不遜《ふそん》な態度は、こいつが教養の無い人間だからと納得はできる。まともに相手にするだけ、時間の無駄な人間だ。

スミス艦長が腹立たしいのは、合衆国海軍ともあろうものが、こんな無教養な人間の手を借りねばならないという状況に対してだった。

こんな奴が役に立つとしたら、それは海軍が――というよりも科学の敗北ではないか。

逆に役に立たなかったとすれば、それは海軍という組織の良識の敗北となる。どちらの場合もザルコフの存在が忌々《いまいま》しい。

そして幽霊戦艦が現れないまま、日時だけが流れて行く。スミス艦長が唯一この男で評価できるのは、与えられた食事に文句を言わず、自室からほとんど出ないことだった。

自室で何をしているか知らないが、興味もない。スミス艦長はすでにこの男を詐欺師《さぎ》と考えていた。この戦時下に詐欺を働くとはいい度胸だ。いずれ尻尾《しっぽ》を出したら当局に告発する。それがスミス艦長の考えで、だから泳がしていたというのもある。

そうして何日かが過ぎたある日のこと。

「星回りから言って、大和は今日現れる」

ザルコフはそう言いながらブリッジに上がってきた。スミス艦長はＣＩＣ（戦闘指揮所）にいたが、ブリッジからの報告で、すぐにそちらに移動する。ザルコフをＣＩＣには招きたくないからだ。

「大和が現れるだと？　いつ？」

「いつでも。現れろと望むなら、この瞬間にも現れる」

「馬鹿なことを。いま戦艦が手品の鳩《はと》のように現れるとでも言うのか？」

「艦長が望むなら」

「なら、出して見たまえ」

「後悔はしないな？」

「しないさ、我々は大和を仕留めるために来たんじゃないか」

「わかった」

そういうと、晴れ渡っていたはずの海上に、突然、白いドームが現れた。正確にはドーム状に見える雲だ。

「あれは……」

「あんたが望んだ大和さ。さぁ、闘うか」

誰が命令しているわけでもないのに、戦艦ウェストバージニアはドームの方に突っ込んで行く。

「操舵手、何をしている！」

「そいつに何を言っても無駄だ。この戦艦の針路は俺が動かしている。というより、大和が招いているんだ。俺が乗っているからな」

「貴様、何者だ！」

「その質問をするというのは、あんたにとって、あれは過去の出来事か。駆逐艦ダニッチの航海長だったとき、あんたも海中から現れる化け物に銃弾を打ち込み、銃剣を振るったことを忘れたか？　インスマウス沖の作戦だ」

「貴様何故、それを！　あれは最高機密……」

スミス艦長は十数年前の忌まわしい出来事を思い出す。

「あんたが殺し損ねた奴もいた。そいつは人間として生きてきた――ザルコフと名乗ってな。

　そして米太平洋艦隊司令部にこの作戦を持ち込んだ。太平洋艦隊司令長官は信じてくれたよ」

「ニミッツ長官が信じただと、嘘を言え！」

「インスマウスを焼き払ったあの作戦の総指揮は、当時ワシントンの海軍省勤務のニミッツ大佐の指揮で行われたのを忘れたか？　彼の担当は魚雷や爆雷などの水中兵器だった。表向きはな」

「大和は……お前らの同類だというのか？」

「同類とも言えるし、違うとも言える。奴らは自由意思が甦《よみがえ》りつつある。それを止めねばならんのだ」

「合衆国のためにだな」

「まさか、クトゥルフのためだ」

「なんだとニミッツ司令長官は……」

「俺の話を信じたが、俺が正直とは限るまい。お前たちは、話が通じない相手として俺達を皆殺しにしようとしたんじゃないか？　俺はただ、借りを返すだけだ」

「貴様！」

　スミス艦長は拳銃を抜いて、ザルコフに向ける。

「もう遅い、見ろ！」

　戦艦ウェストバージニアは、気がつけば戦艦大和の結界の中に入っていた。

「いまなら奴に砲弾を浴びせられるぞ、艦長」

「黙れ！」

　スミス艦長は拳銃の引き金を引き、全弾をザルコフに叩き込む。

「それがあんたの回答か。それならそれでいい。愚か者め。あの戦艦への反撃能力はクトゥルフの眷属である俺が乗っているから働くのだ。俺を殺せば、お前らに反撃の術はない。まぁ、いい。

戦艦ウェストバージニアが勝とうが、戦艦大和が勝とうが、どちらにせよ、呪われるのはお前らだ」

そう言うと、ザルコフは息絶える。

「戦闘用意！」

スミス艦長は異臭を放つザルコフの死体もそのままに、ブリッジからＣＩＣへ攻撃命令を出す。

「艦長、何に対して攻撃するのでしょうか？」

「敵戦艦に決まっとる！」

「艦長、そのようなものはレーダーには捕捉されておりませんが」

「お前たちには……」

そう、ＣＩＣから、外の景色は見えない。レーダーに反応がなければ、幽霊戦艦の存在などわかるはずがない。

ザルコフが主砲を操ることができたなら、砲撃はできたのだ。しかし、そのザルコフを自分は射殺してしまった。

「これが貴様の復讐とでも言うのか！」

戦艦ウェストバージニアは真っ直ぐに幽霊戦艦へと突っ込んで行く。しかし、その前に大和が正面の主砲六門を戦艦ウェストバージニアへと向ける。

砲弾が放たれ、それは戦艦ウェストバージニアの真正面から飛び込み、六発すべてが命中した。

　戦艦の真正面という狭い面積の中に命中した砲弾は、そのまま艦内を直進し、やがて次々と爆発する。砲弾の直進した距離はほぼ等しい。

　このため六発の砲弾が起爆したとき、その場所は艦橋直下の断面部分に並んでいた。

　それらは戦艦ウェストバージニアの構造材を破断させ、戦艦の艦首は切断する。まさに戦艦は二つに折れて海中に没した。

　艦橋に怒濤《どとう》の如く海水が流れ込んだときもスミス艦長はまだ生きていた。そして彼は見た。

　銃弾を撃ち込まれ、絶命したはずのザルコフが、魚とも人ともつかない形態になり、そのまま海中に泳いでいった光景を。

七章　マリアナ沖海戦

昭和一八（一九四三）年一〇月。新鋭艦である軽巡洋艦矢矧は、和田艦長のもとで、連合艦隊司令部直卒の軍艦となっていた。

通常なら、軽巡は水雷戦隊なり潜水戦隊の旗艦となるのが常であるが、軽巡矢矧は必要に応じて、他の部隊に編組するような運用が中心となっていた。

もっともこれは程度の差こそされ、他の阿賀《あが》野《の》型軽巡洋艦でも同様だった。

これは阿賀野型軽巡が計画されていた頃に想定されていた戦場と、太平洋戦争の実状が違っていたことが大きかった。大規模に水雷戦隊がぶつかるような局面はほとんどなく、軍艦は対潜作戦なり対空戦闘などが中心となりつつあった。

これは日米共に基地航空隊を増強していることとも無関係ではなかった。

そしてガダルカナル島をめぐる攻防も、日米共に膠着状態から休眠状態に入りつつあった。

この島をめぐる戦闘による損失が無視できない水準になっているためだ。ガダルカナル島をめぐる日米海戦だけで、水上艦艇だけならドイツ海軍の保有艦艇の総トン数以上の損失を出しているとさえ言われていた。米海軍だけでも空母三隻に戦艦三隻が沈んでいた。巡洋艦、駆逐艦、貨物船になると、もうお話にならない。

このため、示し合わせたわけでもなく、日米共に現状維持に方針が切り替わった。

そして日米両陣営共に投入したのが、潜水艦による補給であり、潜水艦で牽引する輸送タンク的なものだ。

やり方は日米で詳細は異なるが、比重が海水に等しい大型のタンクを潜水艦に横付けするなり、牽引するなりして移動する。

一度の輸送量は二〇〇トンほどに過ぎないが、比較的頻繁に輸送できるため、日米両陣営ともに、大規模な戦闘は無理――戦車や重砲は輸送できない――であるが、敵に対峙《たいじ》する程度の補給は維持できた。

副産物だが、両陣営共に、住環境も改善した。任務の性質上、輸送タンクは使い捨てることになり、潜望鏡深度まで耐えられる程度のベニヤ板の筒が使われ、それは上陸後に兵員の宿舎となった。

防水は確実なので、蚊などの害虫も入ってくることもなく、安普請《やすぶしん》でも快適なのだ。

ガダルカナル島がこのような状況である一方、日本海軍は他の部分に戦力を傾注《けいちゅう》していた。ラバウルからガダルカナル島までの間に、ブイン、バラレ、ムンダの三航空基地を建設し、そちらの充実に力をかけたのだ。

これは誰も口にしないが、水上艦艇部隊を動かすと幽霊戦艦大和が現れる傾向が強いことも影響していた。

このことはここしばらくは幽霊戦艦大和が現れていないことをも意味していた。したがって和田艦長の軽巡洋艦矢矧も、幽霊戦艦退治のためには出動できていなかった。

ただその間に、阿賀野型では矢矧だけが独自の改造を施されていた。それは水雷兵装を全廃し、空いた空間を格納庫として、八機の水偵を搭載する航空巡洋艦への改造である。

ほぼ単独行動が多いなら、水雷戦の可能性は低い。むしろ重要なのは航空戦であるためだ。水偵でも爆装は可能であり、八機の爆装は駆逐艦程度なら撃沈できる水準にある。

じっさい日本海軍は軍艦に搭載する艦載機に爆装能力を付与することで、空母航空隊の補助戦力を確保しようと意図していた時期もあった。

軍艦四隻が一戦隊で、一隻あたり三機なら、戦隊で一二機となり、攻撃機部隊としてはそこそこの戦力となるからだ。

山本五十六連合艦隊司令長官の働きかけにより、対クトゥルフ戦のために軽巡洋艦矢矧の艦長に就くことになった和田大佐であったが、その方面での活躍の機会はなかなか訪れなかった。

ガダルカナル島の攻防戦が日米共に示し合わせたように消極的になり、幽霊戦艦も現れなくなったためだ。さすがに戦艦も潜水艦輸送程度では姿を現さない。

一方で、日米の戦争は続いている。誰も口にしないが、幽霊戦艦大和の存在のために、戦闘は航空戦が中心になっていた。しかも空母では沈められるので、基地航空隊が主たる戦力だ。

そうした中で、和田艦長はいつぞやの木下参謀の訪問を受ける。

「矢矧にも正式な戦闘序列が発令されると思う」

それはクトゥルフとは無関係の通常の作戦計

画であった。

「我々も戦闘序列に加わるのか？」

「矢矧を遊ばせるような余裕は、いまのＧＦにはない」

「だろうな」

それは和田艦長も感じていたことではあった。対クトゥルフ戦争のために和田は軽巡を預けられていたが、そちらの作戦は動きがなく、日米間の戦闘が苛烈さを増すことに、和田は居心地の悪さを覚えていたのである。

「この作戦は一大航空決戦となる。ガダルカナル島に対しても、徹底した空爆が行われ、敵軍を一掃する。その後に滑走路を確保し、エスプリットサント島の敵軍を空から撃滅する」

木下参謀によると、軽巡洋艦矢矧には偵察巡洋艦として、敵軍の動向を察知して欲しいという。

「万が一にも幽霊戦艦が現れたとしても、水偵がその兆候に気がつくであろうし、戦闘を回避しようとすれば撃沈されることはないはずだ」

「逃げろということか？」

「そういう表現をしたければ、そうすればいい。だが表現をどう変えようと、矢矧で大和は沈められない。そして勝てない勝負で和田を死なせるわけにはいかん、それが長官の考えだ」

「山本長官の！」

「この作戦は、い号作戦と命名されている。和田にこの任務を委ねるのは、単に日米戦だけの話ではない。強力な航空基地網を整備した上で、幽霊戦艦との決戦に臨むのだ」

「航空決戦で決着するのか？」

「じつはその辺はまだはっきりしない。ことがことだけに、山本長官も密かに情報を集めている。

どうも邪神と呼ばれるものはクトゥルフだけではないらしい。これと敵対するものもいるそうだ。

クトゥルフが海の魔物で、それと敵対する空の魔物がおり、だから航空戦力に勝機ありという話だ。

まぁ、仮説の一つではある」

「なるほど」と頷いてみる和田艦長だが、内心はいささか複雑だ。幽霊戦艦に乗ったのは事実であり、そのことに疑いはいだいていない。

この世の中には、合理主義では説明がつかないことがあるのもわかっているつもりだ。

クトゥルフに敵対する何かがいるというのも、あり得る話とは思う。

だが、連合艦隊司令長官が、そうした超常現象の情報を集め作戦を立てることには、和田艦長もいささか行きすぎという気がするのである。

和田艦長は、そこでふと思う。山本五十六連合艦隊司令長官にとってクトゥルフとの対決とは何なのであろうか？　あるいはそれは日米戦という現実からの逃避なのではないか？　アメリカよりも巨大な存在としてのクトゥルフを考えることで、長官は精神の均衡を維持しようとしているのではないか？

じっさいのところどうなのかはわからない。

単なる妄想や偏執狂《へんしつきょう》では、内火艇のエンジンの製造番号までは調べないだろうし、広範囲な証言も集めまい。

「要するに」

和田は戦友に言う。

「遠くの邪神より、近くの米軍ということか」


「君が小泉大尉か」

小泉大尉は、この時、二重に緊張していた。砲術屋なら誰もが憧れる戦艦大和に異動となったこと、そして一介の砲術士に過ぎない自分を、雲の上の存在である山本五十六司令長官が直々に言葉をかけてくれたことだ。

それは視察ということだが、山本五十六司令長官は真っ先に自分に声をかけてくれた。新人だからということはあるのかもしれないが、階級差を考えれば、異例の処遇といえる。

「君は長良に乗っていたんだったね？」

「はい！」

小泉大尉は感動した。あるいは指揮官とはそういう仕事なのかもしれないが、自分のような末端のものの経歴まで把握しているとは。

「和田君とは長良で知り合いと聞いたが？」

「はい、長良では砲術長でした！」

小泉はやや安堵し、やや失望した。どうやら和田砲術長経由で自分の名前が上がっていたらしい。

連合艦隊司令長官が直に自分を知っているわけではないことに安堵し、やはりそこまで自分は大物ではなかったことに、やや失望する。

もっとも、当然なことではあるが。

しかし、小泉大尉が戦艦大和の勤務で喜んでいられた期間は短かった。数日ほどして、概ね職場にも慣れてきた頃、彼は変な夢を見るようになった。

自分はやはり戦艦大和に乗っている。ただしその大和は、彼が知っている大和とは違っていた。

真っ先に感じたのは、それが傷ついていることだ。船体のあちこちに銃撃を受けたような傷がある。

さらに甲板の至る所に、機銃弾の薬莢が転がっていた。激しい対空戦闘の跡だ。見上げれば、大和には夥しい数の対空火器が増設されている。

そうでなくても戦艦の対空火器は恐るべき数ではあるが、目の前の大和は冗談かと思えるほどの機銃がある。これは何と闘おうというのか？　いや敵機なのはわかる。しかし、どうして戦艦がここまでしなければならないほどの戦闘が行わなければならないのか？　そして次の瞬間、小泉大尉は対空戦闘指揮所にいた。そこには機銃長がおり、対空戦闘の指揮をとっている。

だが小泉大尉にはその有り様はショックだった。軍服の質が明らかに落ちている。資源が切迫したために、二流の材料を使っているのか、素材の量を減らしているのか、ともかく質が低い。自分がいま着ている軍服より劣るのは確かだ。

そして激戦のためか、指揮所の指揮官は全体に疲れた感じをしている。それは軍服の質が落ちているだけでなく、色々な物が彼を疲弊させているように見えた。

小泉大尉には、その指揮官に見覚えがあった。海兵でよく見かけたような顔だ。洗顔の時、鏡の前で……。

「お前は俺か！」

小泉大尉は思わず口に出す。機銃長は、そこで小泉大尉に向かい合う。

「俺はお前だ。昭和二〇年四月のお前だ」

「俺は機銃長になるのか？」

「そうなる。それまでお前は死なない」

その言葉の意味を小泉は理解した。

「昭和二〇年四月に、俺は死ぬのか？」

小泉機銃長は、何とも表現しがたい複雑な表情で笑う。羨望《せんぼう》に蔑《さげす》みに、嫉妬《しっと》に、憐《あわ》れみが混ざったような。

「その日に死ぬのではない。その日に呪われるのだ」

「呪われる⁉　誰に？」

「我々にだ、我々は知らぬこととはいえ、自分自身を呪ってしまったのだ」

「呪いを解く方法は無いのか？」

「昭和二〇年四月までに我々を殺せ、お前たちの手で。そうすれば呪いは解かれる」

「殺しては意味がないではないか！」

「殺されなければ、宇宙が滅ぶまで呪われ続ける。永遠こそ死より恐ろしい」

「嫌だと言えば？」

「我々をお前たちが殺せなければ、お前たちが我々に殺される。そうなれば何人《なんびと》と言えども呪いを解くことはできぬ。世界の海が呪われる」

機銃長は指揮所から海を指さす。そこには海面に沈んだか沈められる運命の夥しい船舶の姿があった。そのすべてに、腐肉に集《たか》る蛆《うじ》のように人とも魚ともつかぬ異形のものが群れ、船員たちの死肉を漁《あさ》っていた。

「呪いとは、これだ！」

小泉大尉は悲鳴と共に起き上がる。そこは自分の居室であった。戦艦大和の中だ。彼は起き上がり、甲板に出る。

夜の海は、あくまでも海のままだった。だが、彼は波間に幾つもの異形の顔があるのが一瞬だけ見えた。


「夢ではないのか」


「出してくれ」

スプルーアンス長官は、運転手にそう告げて、ハワイの海軍病院を後にする。

ここへ来なければならないとは思っていたし、来たことは間違っていないのはわかっていたが、しかし、現実に訪ねてみて、彼は来たことを後悔してもいた。

スプルーアンス中将は、ハルゼー中将の後任として、大作戦の指揮を委ねられていた。

彼が海軍病院を訪れたのは、前任者への報告と、自分が訪ねたことで、少しでも病状が改善することを期待したためだ。

しかし、奇跡は起こらなかった。

「お目にかかることはお勧めできません」

担当医の助言を退け、病室に入ったとき、彼はどうしてもっと強く医者として見舞いを拒否してくれなかったかと、言い掛かりめいた感想を抱いたほどだ。

特別病棟にいた枯れ木のような病人が、あのハルゼー中将とはスプルーアンス中将には信じられなかった。病室を間違えたかと思ったほどだ。

しかし、もちろんそこがハルゼー中将の病室だ。そしてそこにいる枯れ木のような人物も。

それでも単にやせ細っているだけなら、そこまでのショックは受けなかっただろう。その老人――あえて老人という――は、スプルーアンスを見ても惚《ほう》けたような表情を変えようともしなかった。

その瞳には闘志も知性のかけらもなく、眼球が虚無への入り口を塞いでいるだけのようだった。

そう、そこにいるのは、かつてハルゼー中将だった形骸《けいがい》、抜け殻《がら》だ。

それでも一時間はそこにいたとスプルーアンス中将は思っていたが、じっさいには一〇分もいなかった。そして形骸は最後まで形骸のままだった。

「これが大和の呪いなのか……」

どこからの情報か不明だが――ヨーロッパからもたらされた情報らしいが――クトゥルフは航空戦力には弱いらしい。空の何かと対立しているということだ。

　だから空母ホーネットを旗艦として、ハルゼー中将は自ら将旗を掲げ、ガダルカナル島へと赴いた。そこの日本軍を一掃すれば、連合艦隊も現れ、一気に勝負をつけられる。

　当然と言えば当然だが、ハルゼー中将は、幽霊戦艦大和なるものの存在をまったく信じていなかった。だから彼の「幽霊戦艦云々」は半分はジョークのようなものだった。

　あくまでもガダルカナル島の膠着した戦況を打破するのが彼の目的であった。

　だがその作戦の中で、空母ホーネットは日本海軍の戦艦榛名との交戦中に、幽霊戦艦大和に遭遇する。空母の航空隊は全滅し、その戦闘の巻き添えを食うように、戦艦榛名も大和に沈められた。

　幽霊戦艦はともかく、ハルゼー中将は航空隊を失ったために、戦線を離脱しようとした。だがなぜか空母ホーネットは誤った針路を直進し、幽霊戦艦大和に遭遇する。

　航空隊を失った空母など、駆逐艦にも勝てないだろう。それでも戦艦大和は護衛の駆逐艦・巡洋艦を鎧袖一触で撃破する一方で、いたぶるように空母ホーネットを数時間砲撃し、切り刻むようにして、それを沈めた。

　撃沈までの時間、ハルゼー長官は脱出のチャンスがあり、幕僚らと共に駆逐艦に移乗し、将旗を移した。それは残されていた唯一の駆逐艦であった。

　艦船の消耗が激しい中で、補助戦力で動員されていた平甲板型駆逐艦であった。第一次世界大戦頃のものである。しかし、浮いている艦艇はそれしかなかった。

幽霊戦艦大和は、空母を仕留めた後、その駆逐艦にも多数の副砲弾を撃ち込み、沈めはしなかったが大破させた。

駆逐艦は漂流し、危うく日本海軍の捕虜になりかける中、辛うじて友軍部隊に救助されたのだ。

この経験の中で、ハルゼー中将の精神は破壊されてしまった。日本軍機が機銃掃射を仕掛けたとき、平然と駆逐艦の甲板に立っている彼を、周囲の将兵は、猛将の復活を見たと思った。

だが現実は、それは彼が外界からの刺激に対して、完全に無反応になった結果であった。

ハルゼー中将の肉体は生きている。だから海軍当局は、その精神が甦るまで、彼を入院させていた。

だが誰言うとなく、「これは呪いであり、大和を沈めるまで呪いは解けない」との噂も広がっていた。

病院より戻ったスプルーアンス中将は、再編した空母部隊の指揮官として、旗艦エセックスの艦上にいた。

エセックス以下、四隻の空母が彼の指揮下にあり、この四隻が集団で日本軍に当たる。艦隊には本隊より先行するレーダーピケット部隊も新編されていた。

旧式の平甲板型駆逐艦を利用したものだが、それらはレーダーにより周囲を捜索する。それは日本海軍航空隊を意識すると同時に、幽霊戦艦大和の存在も視野に入れていた。

いままでの報告から、幽霊戦艦が現れる前に予兆としてレーダーが無力化していた。だからそうした反応があったなら、本隊は退避する。

臆病と言われるかも知れない。しかし、いまの米軍指揮官には、臆病と言われるのを厭《いと》わない勇気が求められるのだ。

「日本海軍の航空偵察は、低調との報告が入っています」

情報参謀の報告は、ラバウルなど各地に潜入している現地人からの報告だった。

オーストラリア軍が管理しているのは、それらがかつてのオーストラリア領であり、彼の国には現地人とのチャンネルが存在しているためだ。

さすがにあからさまなスパイ活動を行わせるのは、当事者やその周囲に災厄《さいやく》でしかない。なので情報の精度には限界はあったが、それでも蓄積することと、他の情報との参照で色々なことを読み取ることはできた。

「日本海軍は、大規模な航空戦を準備しています。そのための戦力を蓄えているようです。このため航空偵察を控えているものと思われます」

「大規模航空戦を意図しておきながら、どうして偵察を控えるのだ？」

「作戦意図を気取《けど》られないためと、燃料節約のためです。燃料輸送が上手くいっていないようなので」

「なぜわかる？」

「日本海軍が管理するタンカーの総数も船名もわかっています。それらは日本海軍の戦域の拡大に伴い、多方面に展開しています。彼らが占領したジャワ・スマトラの油田から石油を輸送するのにも、タンカーは必要です」

「タンカーの稼働率が高すぎて、大規模作戦を行う余裕がないということか？」

「そう言うことです。乾坤一擲《けんこんいってき》の大作戦を実行できるのは、文字通り一回限りでしょう。

　またこれも信じがたい話ですが、日本海軍の航空基地には燃料タンクがありません」

「情報参謀、貴官は何を言っている？　燃料タンクなしで、どうやって燃料を備蓄する？」

「日本軍の野戦築城能力は高くありません。滑走路こそ人海戦術で建設できますが、燃料タンクなどの周辺施設の建設はなおざりです。

　とくにブインやバラレなどの建設したばかりの基地では顕著《けんちょ》です。その分、備蓄燃料を分散貯蔵しやすく、燃料タンクを攻撃するという戦術は難しいですが」

「つまり飛んでる日本軍機は強力だが、地上にいる日本軍機は基地も含めて、非常に脆弱な状態にあるわけか」

「結論を言えば」

「となれば、そこがこの作戦の鍵だな」


「伊一二三潜です！」

　見張員の報告に、和田艦長は、艦橋より双眼鏡を向ける。そこには友軍潜水艦が接近するのが見えた。

「邂逅準備！」

「邂逅準備、宜候《ようそろ》！」

軽巡洋艦矢矧は、そうして潜水艦へと接近して行く。

和田艦長にとっては、いささか複雑な気持ちだ。なるほど日本海軍軽巡洋艦の役目の一つには、潜水戦隊旗艦として、その補給などに与《くみ》するというのはある。

しかし、それはまさに潜水戦隊の旗艦としてであり、軽巡洋艦矢矧は潜水戦隊には属していない。

だが和田が問題にしているのはそうしたことではない。状況によっては序列にかかわらず補給が行われることはある。


しかしながら今回の場合は、補給はほとんど行われない。潜水戦隊旗艦ではないのだから、そもそも補給できるものもない。魚雷だって水上艦艇用と潜水艦用は異なるし、そもそも矢矧には魚雷はない。

今回の邂逅は、潜水艦の乗員に軍医を加えることと、なくなった生鮮食料品の補給、それと情報交換であった。

これらはすべて連携している。それは潜水艦単独の長期間の活動ということだ。

長期間の活動だから、軍医も必要――潜水艦によっては軍医は乗っていない――になり、生鮮食料品も欠乏する。そしてそれだけ長期の活動は、情報収集のためである。

潜水艦は敵情偵察のための艦艇であるから、

このことそのものも異議を挟むようなものではない。

和田艦長が気になるのは、潜水艦の偵察活動が活発になるのに反比例して、他の艦船や航空偵察が低調であることだ。

それでも航空偵察については、イ号作戦を前に航空戦力の消耗を控えているという説明は成り立つ。航空偵察の多くを陸攻に委ねている状況としては、陸攻の温存は偵察力の減少とならざるを得ないからだ。

またここで航空偵察を活発化させることは、敵にイ号作戦を気取られるということもあろう。

しかし、だからこそ航空偵察の穴を水上艦艇の偵察で埋めるべきなのだが、その方面の動きも鈍い。

そもそも山本五十六司令長官から、偵察戦力としての活躍を期待されていたはずの軽巡洋艦矢矧でさえ、積極的に偵察活動は命じられていない。

その原因は、例の幽霊戦艦にあるのではないかと和田艦長は考えていた。

要するに――アメリカは知らないが――日本海軍でさえ、幽霊戦艦の存在に萎縮《いしゅく》しているのだ。確かに化け物であったとはいえ、戦艦榛名まで沈められてしまっては、警戒するのもわかる。

じっさいには榛名以外にも多くの艦船が沈められている。少し前までは、幽霊戦艦が米海軍を撃破すると脳天気に考えていた参謀さえいたくらいだ、味方と思っていた無敵の幽霊戦艦が、

＊1　乗員を半分に分ける交代勤務を半舷と言い、上陸する者を半舷上陸、当直に当たる者を半舷直と言った。

敵味方構わず攻撃してくるとなれば、萎縮もしよう。

しかしながら、と和田艦長は思う。そんなもののために偵察を萎縮するようでは、イ号作戦に勝機はあるのかと？

「どうも米艦隊に活発な動きがあるようです」

伊号第一二三潜水艦の潜水艦長は、半舷直《はんげんちょく》＊1で矢矧に乗艦した部下と共に移動し、和田に挨拶に来ていた。

「活発な動きというと？」

「エスプリットサント島への船舶の出入りが活発化しています。何か大きな作戦準備でしょう。残念ながら我々にわかるのはその程度ですが」

「いえいえ、十分な動きではないですか」

伊号第一二三潜水艦は、日本海軍が第一次世界大戦の敗戦国であるドイツから技術者を招いて建造した最初期の大型潜水艦の一隻だ。

ドイツはベルサイユ条約で潜水艦の建造を禁じられていたが、日本への技術提供などの形で、自国の潜水艦建造技術を維持していた。日本もそれに協力した形だ。

伊号第一二三潜水艦は当時としては優秀な潜水艦であった。それはいまだに実戦で使用されていることからもわかる。

一方で、旧式な潜水艦となってしまった事実も隠せない。例えば日本海軍の最新鋭の伊号潜水艦の甲型・乙型は水偵を搭載し、周辺を偵察する能力があったが、伊号第一二三潜水艦にそれはなかった。

潜水艦長が「自分らにできるのはここまで」と

いうのは、水偵を搭載していないことを踏まえての発言だった。

ただ航空偵察には、それなりに寄与している潜水艦ではある。もともと機雷敷設のための機雷潜として建造されていたが、いまは機雷格納庫を燃料タンクとし、飛行艇のための燃料補給艦として活用されることも多かった。

「飛行艇の方はどうなのです？」

「芳しくありません」

「と言うと？」

「被撃墜数が増えています」

「それは……」

「幽霊何とかじゃありませんよ。あんなものは臆病者の妄言です。今時大戦は科学戦だ。海軍将校のなかには幽霊戦艦に乗ったなんてことをいう奴もいるそうですが、そんな奴は病院にでも送った方がいい。そう思いませんか？」

「その通りですな」

その臆病者の妄言の当事者こそ自分なのだが、和田艦長は、潜水艦長の言葉に腹立たしさは覚えない。むしろ心地よいくらいだ。

「まぁ、小職も撃墜を確認したわけではありません。ただ、邂逅予定時間と場所に待機しても空振りに終わる件数が増えているのです。

今回も生鮮食料の補給こそ必要でしたが、航空機用燃料は満タンですよ」

「どこを飛んで、撃墜されているのですか？」

「邂逅できないという点でしか判断できませんので、捜索海域まではわかりかねますが、飛行艇の本隊はラバウルです。それと邂逅予定時間などから判断すれば、やはりエスプリットサント島の周辺でしょう」

「電探が増強され、迎撃戦闘機も強化されているということですか」

「現下の状況ではそう判断するのが妥当でしょうなぁ。生憎《あいにく》と司令部も友軍機の遭難状況までは流してくれませんので」

「しかし、危険な徴候では？」

「仰る通り、小職も危険な徴候と思います。報告はしているのですが、反応はありません。あくまでも小職の憶測に過ぎませんので」

それは和田艦長にもわかる。飛行艇の問題は偵察航空隊なり水上機隊が把握しているであろうが、結局は彼らが危機感を持つかどうかで、連合艦隊の認識も違う。

幽霊戦艦に将兵の考えが萎縮している徴候が見られるなかで、適切な報告と適切な判断が行われるかは疑わしい。

航空隊側が正確に報告しても、GF司令部が「幽霊戦艦のせいで過大な報告をしている」と判断される可能性もあり、さらには「また幽霊戦艦が活動を始めたか？」と見当違いな反応をしないとも限らない。

公文書として正確な数値で報告できるのは、邂逅が成立せず、航空機用燃料が減っていないという事実だけだ。しかし、燃料消費となると主計がらみの話であるから、GF司令部を動かすには遠すぎる。

「わかりました。本艦は偵察巡洋艦としてGF司令部直卒であります。こちらで動いてみましょう」

「本当ですか！」

「敵軍の動きに対して、静観はできません。いや、すでに静観の段階は過ぎているかもしれません」

伊号潜水艦との邂逅が終わると、和田艦長はすぐにGF司令部に意見具申を行うと同時に、自身の判断で、エスプリットサント島方面に舵を切る。

GF司令部からの返答は迅速とは言えなかったが、和田艦長の判断は容認された。しかし、反応の鈍さから、危機感に欠けていることだけはわかった。

どうやらGF首脳はこちらから攻撃を仕掛けるイ号作戦しか見ておらず、敵の攻撃を受ける可能性は考えていないらしい。

「ならば、自分しかできないか」

和田艦長は決心する。おそらく軽巡矢矧は沈まない。彼には妙な確信があった。なぜなら自分もまたクトゥルフに呪われているはずだから。


軽巡洋艦矢矧がラバウルからエスプリットサント島方面に向かっていた頃――ブーゲンビル島のブインとバラライ島のバラレの二つの航空基地は、島こそ違え近隣と言って良いほどの距離にあった。その直線距離は三五キロほどだ。

そこはムンダとあわせ、ラバウルからガダルカナル島にいたる航空基地群の中核を為していた。

ガダルカナル島への航空戦を支える背骨であり、同時にラバウルを守る擁壁《ようへき》でもある。

しかし、この二つの基地は、他を攻める背骨であり、他を守る擁壁でありながら、己を守る点では十分とは言い難かった。

対空陣地もそうであるし、航空哨戒も十分とはいえない。特にイ号作戦を控えてからは、戦力の温存が優先されていた。

両方の基地には電波探信儀、つまりレーダーが配備され、それらの不備を補うようになっていた。ただこの電探も、アメリカと比較して運用技術の遅れは隠しようもなかった。

「またはじまりました」

電測員の下士官が班長に報告する。

「空中線（アンテナ）の方位は東か？」

「はい、太陽の方角です」

「太陽か……」

ブインとバラレの航空基地は、ここ数日、不思議な現象に遭遇していた。

電探に強い反応があるのだ。それは大編隊が接近するような反応である。すぐに迎撃機が出撃するが、そこには何もいない。

それが何度か繰り返されてわかったのは、どうも空中線が太陽の方向を向いていると電探に反応があるということだ。

それも朝日が昇るときの三〇分ほどの間だけ、そういう反応が起こる。

司令部を通じて、日本の技研や帝大に問い合わせたところ、そちらの電探では再現されなかった。ただし、南方の気象が電波に影響する事は確認されていた。

さらに帝大からは、太陽のような恒星からは強い電波が放射され——太陽光だって電磁波の一種だ——ており、それが電探に干渉した可能性は否定できない、という回答があった。

じっさいイギリスでも同様の現象があったらしいことが、報告されていたという。

「太陽の電波で電探が使えないのは、敵を奇襲するときに使えないか？」

話を聞いてやって来た航空隊の幹部は、そう言って周囲の同意を求めたが反応は薄い。

「ブインとバラレの電探では太陽の影響を受けてますが、ラバウルやムンダの電探ではそうしたことは起きていないそうです。影響を受ける電探とそうでない電探があるようです。原因はまだわかっておりませんが」

「そうなのか」

ブインやバラレの電探は、技研からの要望もあり、日の出の三〇分は太陽の方向を向けるようにと言われていた。太陽からの電波干渉の情報を集めるためだ。

だがしばらくして、基地にサイレンが鳴り響く。

「敵襲！　敵襲！」

電探局は騒然となった。何人かが外に飛び出すと、そこには夥しい数の戦爆連合の姿があった。

四隻の空母より、総勢二〇〇機あまりの戦爆連合が、ブインとバラレに向かって飛んで行く。

　スプルーアンス司令長官は、空母エセックスのＣＩＣではなく、艦橋から、将兵の出撃を見送った。それが自分の責任と考えたからである。

　この出撃の前には入念な準備が行われた。日の出の方向から飛行機を飛ばし、途中でチャフ*1を撒布する。最初の頃は日本軍の迎撃機が現れていたが、三日もすると反応が鈍くなり、五日目には迎撃機も現れなくなった。

　彼らはこれを自然現象と誤解してくれたらしい。だから今回の出撃に際しても、日本軍機による迎撃行動は認められていない。

　全機出撃を見届けてから、スプルーアンス司令長官は艦橋からＣＩＣへと移動した。

　その途中で、彼は何気なく入れたポケットの中の、石の感触にハッとした。

　――石が熱い　それはニミッツ司令長官から護符として、非公式に渡されたものだ。護符を渡してきたのは、例の幽霊戦艦を避けるためだ。

　それが非公式なのは、米海軍当局も太平洋艦隊司令部も、幽霊戦艦の存在を公式には認めてなどいないためだ。

　じっさい幽霊戦艦については、いまも迷いがある。本当にそんなものが存在するのか？

　ハルゼー中将を見舞った後でさえ、その思いは消えない。

　正直、ニミッツ長官まで、こんな石を護符として渡してくること自体がショックであった。米海軍はこんな迷信を信じているのか？　しかし、その一方で護符を受け取っている自分がい

*1　電波を反射する物体を空中に散布することでレーダーによる探知を妨害する。

る。それを拒否しない自分が情けなくもあり、この石に安堵する自分もまた否定できない。

何よりもスプルーアンス司令長官の心を乱すのは、作戦活動が上首尾に終わるたびに、護符に小さな亀裂が入ることだった。

小さな星形の石なのだから、ヒビが入っていることもあるだろう。しかし、ついに作戦部隊が出撃したいま、熱を持つというのはどういうことか？　体温で温められているのではない、この温度は明らかに体温より高い。なぜこんなことが？

そうして一時間としないうちにＣＩＣに戦況報告が為される。航空隊からだ。

「長官、おめでとうございます。奇襲攻撃は大成功です。滑走路に並んでいた日本海軍の戦闘機、爆撃機が離陸するチャンスもないまま、破壊されたそうです」

「何機あった？」

「戦果確認はまだですが、攻撃隊指揮官によれば、ブイン、バラレあわせて三〇〇機の敵機は破壊しただろうとのことです」

「三〇〇か」

それが事実であれば、日本海軍がこの方面で大規模な航空作戦を実現することは著しく困難になるだろう。

スプルーアンス司令長官は、第一次攻撃隊のみで空母部隊を撤退させた。

敵は第二次攻撃があると判断し、空母部隊を捜索するだろう。ムンダとラバウルの航空隊が残っており、このまま留まるのも危険である。

じつは四隻の空母部隊は、ブイン、バラレの西方から攻撃を仕掛けていた。

夜明けと共にレーダーに反応するようにしたのは、日本軍のレーダーをその時間帯に東に向けるためだ。アンテナが東を向いている限り、西からの攻撃をレーダーに察知されることはない。

これは日本軍のレーダーに関してデータを集め続けてわかったことだ。彼らのレーダーはPPI[＊1]を用いていないから、アンテナが向いている方向しか探知できない。

したがってアンテナが東を監視していれば、西からの攻撃には無防備だ。

これは半分は博打のようなものだったが、サイコロの目はスプルーアンス司令長官に吉とでたことになる。

じっさいラバウルなどの艦長や配置した潜水艦、レーダーピケット艦によると、日本海軍航空隊は、執拗な索敵を行い、空母部隊を撃破しようとしているらしい。

しかし、ブイン、バラレの東方海上を幾ら捜索しても空母部隊は見つかるはずがないのだ。

スプルーアンス司令長官は、日本海軍を警戒しつつ、その夜は、祝宴を開き、将兵を労《ねぎら》う。

まだ先は長い。だからこそ、こうして士気の維持に努める。

「どうなさいました、スプルーアンス長官?」

宴席の中、参謀長が声をかける。それほど顔色が変わっていたのかと、スプルーアンスは驚いた。

＊1 《plan position indicator》平面位置表示器。レーダーの表示方式の一つ。自機や自船を中心に放射状に距離と方位を表す。

「いや、なんでもない。少し、疲れただけだ」

「確かに苦労が報われました」

参謀長に曖昧な笑顔を返しつつ、彼はポケットの中の石に非常に不吉なものを感じていた。

石が火がつくほどの熱を持ち、そして割れている。作戦が日本軍やクトゥルフの妨害を受けなかったのがこの石の力によるものだとしたら、一大航空戦が成功したいま、石はその力を使い果たしてしまったということか。

そんな説明は受けていないし、スプルーアンス司令長官もそんな話を自分でも信じたくはない。だが、思考はどうしても、その方向に向かってしまう。

「明日からは、何者も我々を守ってはくれぬのか」

そんな根拠のない考えがスプルーアンス司令長官の頭の中に澱のようにたまって離れない。


「西に向かう」

和田艦長は巡洋艦矢矧の針路をブインやバラレの東方ではなく、西方に向けるよう命じた。ブインやバラレの奇襲攻撃を、軽巡矢矧はムンダの手前くらいの海域で知った。

軽巡矢矧にもたらされた情報によると、敵航空隊は二〇〇機あまりであり、それらは東方から攻撃してきた。それは電探で確認されたという。

しかしながら、和田艦長は、そうした報告に疑念を抱いていた。なぜなら時間はずれているものの、まさにそれらの空母部隊がいたであろうブインやバラレの東方海上を自分達は移動し、電探も作動させていたのである。

海は広いし、空母も移動するとはいえ、二〇〇機あまりの航空隊を出動させられるからには空母の二、三隻はいたであろう。

それだけの大艦隊であれば、艦隊の一部だけでも電探に捉えられたはずだ。しかし、それはない。

和田の軽巡洋艦矢矧はこの点をGF司令部に報告したが、何の反応もない。情報は届いているはずだが、上層部の分析と相容れない報告のためか無視された形だ。

そしてブインやラバウルからの索敵機は、やはり東方海上では何も発見できなかった。

ここに至ってもGF司令部からは軽巡洋艦矢矧に対して命令は出ない。そこで和田艦長は西方に索敵機を飛ばすことにしたのである。

「夜間偵察は行いますか？」

矢矧の飛行長が問いかける。その表情にはあまり気乗りしない様子が見て取れた。

それはわかる。夜間偵察は期待される成果が少ない割りには、事故などのリスクが高い。電探もあるというのに、夜間偵察の必要性はあるのかということだ。

「相手が空母部隊なら、夜間偵察の方が生還率が高いのではないか？」

「生還率ですか……」

そう言われると、飛行長も考える。生還率を言えば、出撃しないが一番だが、それを言ったら偵察機は存在理由を問われるだろう。

出動し、敵空母との接触で生還率が高い。そうなるとやはり夜間偵察か。

「敵戦闘機だけを相手にすればいい、それなら夜間の方が有利かも知れませんな」

もっともその辺のことは飛行長にも自信はない。アメリカ海軍の電探がどんな性能なのか。すべてはそれで決まる。

しかし、議論の時間は短かった。軽巡洋艦矢矧搭載の八機の水偵は、西方に向けて飛んで行く。

「二時か」

スプルーアンス司令長官は眠れなかった。そもそも司令長官という職に睡眠時間はない。もちろん眠らねば人は死んでしまうのだが、原則として司令官は二四時間勤務である。ただ「仮眠」をとることは認められており、軍隊なので「仮眠」の時間も決められている。

つまり実質的に睡眠はとっていても、その意味合いは任務に就いている限りは違ってくるのだ。

だからこそ仮眠をとるときは、質の高い睡眠が要求される。戦闘時になれば、不眠不休は当たり前なのだ。

そうは言っても人間であり、眠れない夜もある。この時のスプルーアンス司令長官がそうである。

一方的な大戦果に興奮して眠れない。最初はそう思ったが、そうではない。あのミッドウェー海戦の勝利の時はよく眠れたではないか。

いまここで眠れないのは、勝利のせいではない、不吉な予感のためだ。その理由はわかる。あの護符の石が割れたためだ。

あんな石が割れたために不安で眠れない。そんなことでどうするのか、と自分を叱るものの、眠れないものは眠れないのだ。

スプルーアンス司令長官は、眠れないまま、何かに導かれるように空母エセックスの艦橋に上る。

突然の司令長官に、直に就いていた哨戒長は慌てたように敬礼するが、スプルーアンスは楽にしろと促すように返礼する。

「異常はないか？」

「ありません」

そうだろう。異常があるはずがない。敵とは反対側に移動しているのだ。

唯一の脅威としては敵潜水艦があるが、四隻の空母の周囲には数十隻の駆逐艦・巡洋艦が警戒に当たっている。前方にはレーダーピケット艦もいる。

この警戒網の中を日本海軍の潜水艦が接近するとは思えず、接近したとして発見されないはずがない。異常が無いとは、つまり空海だけでなく、海中にも脅威が無いということだ。

しかし、にもかかわらずスプルーアンス司令長官は、落ち着かない。何とも言えない根拠のない不安がどうしても抑えられないためだ。

彼が艦橋に足を運んだのもこのためだ。不安の原因を確かめたいからだ。

「こちらでしたか！」

伝令が艦橋に現れる。それはスプルーアンス司令長官を探していたらしい。司令長官は、ハッとした。指揮官たるもの、部下に自分の所在を明らかにしなければならない。

逆に決められた時間に決められた部署に就くというのは、命令や情報のやりとりを円滑に行うためのルールだ。自分は眠れないからと、それを破ってしまった。

「何事か？」

「レーダーピケット艦が消息を絶ちました。定時連絡にも反応がありません」

スプルーアンス司令長官は、それに対して、「ついに来たか」と思った。噂の幽霊戦艦がついに。

しかし、空母エセックスのダンカン艦長は違っていた。

「偵察機を出しましょう」

「偵察機だと、艦長？」

「レーダーピケット艦は旧式駆逐艦です。潜水艦に襲撃されれば為す術がない。何が起きたのかの確認は必要でしょう」

「そうだな」

スプルーアンス司令長官は焦りを感じていた。この程度の事は自分が考えるべきことではないか。どうも脳味噌の中に幕がかかっているかのように、頭が回転しない。

「念のため爆装しておいてくれ」

「了解しました」

夜間ではあるが、空母からは急降下爆撃機が一機、レーダーピケット艦の安否確認に派遣される。

ダンカン艦長は、幽霊戦艦などという噂は微塵も信じていないらしい。それがスプルーアンスにはある意味、羨ましい。

偵察機を出してからスプルーアンス司令長官はＣＩＣへと移動する。本来ならそこにいる必要はないが、状況から、留まることにしたのである。どうせ眠気は失せた。

偵察機が出て一〇分としないうちに、偵察機から無電が届く。それはスプルーアンス司令長官にも報告されたが、通信参謀の表情を見てもその内容がおかしいことがわかった。

「三時間以上機位を見失い、燃料が欠乏している、だと⁉」

「無線通信は偵察機に間違いありません。コールサインや打鍵の癖は本物です」

「しかし、三時間……」

機位を見失うというのも信じ難い。満月ではないが月も出ており、星も見える。まして搭乗員たちはベテランだ。ベテランでなければ夜間飛行など許可しない。

だが何よりも不可解なのは、一〇分前に出撃した同じ偵察機が、三時間も彷徨《さまよ》っているという報告をしてきたことだ。何がどうなっているのか？　レーダーピケット艦からの報告も無いままだ。

「追加の偵察機を出しますか？」

「いや艦長、先ほどの偵察機の状況も不可解なのに、いままた偵察機を出せば二次遭難の恐れもある。

この通信が何かの間違いなら、偵察機はあとしばらくは飛べるはずだ」

「通信が事実なら？」

「報告が事実であるとすれば、何か不可解な現象が起きている。それに対して我々にできる事はない。状況の推移を見守るしかできまい」

そうして三〇分ほどした後に、レーダー手が報告する。

「レーダーが機影を捉えました。ただ本艦の位置はわかっていないようです。針路がずれてます」

「三〇分で戻ってくるのか？」

スプルーアンス司令長官には、しっくりこない話だが、レーダーピケット艦との位置関係を考えれば、時間的な辻褄はあう。少なくとも三時間彷徨っていたという話を鵜呑みにするよりは。

「着艦支援のためにエセックスのサーチライトを上に向けろ。この距離なら彼らにも確認できるはずだ。ともかく状況を報告させねばならん」

空母エセックスから上向けのサーチライトが、深夜の海に光の柱を作り上げる。

レーダーの機影は、その柱に向かって針路を調整して向かってくる。

しかし、距離が一〇キロを切るあたりで、レーダー手から再び報告があった。声の調子が変わっている。

「機影が消えました！」

「消えた!?」

「無線には徹頭徹尾反応なしです」

通信参謀も報告する。無線に反応がないのはわかる。無線機がおかしいから偵察機が三〇分で帰還した。

「三時間彷徨う」の意味は不明だが、状況の説明はつく。

しかし、距離一〇キロで機影が消えるというのはどういうことか？　あるいは整備不良か何かで、無線機も不調、機体の状態も悪く、帰還直前に墜落したのか？

「無線はいいとして、墜落場所はわかるか？」

「いえ、違うんです。機影が消えたんです。偵察機だけでなく、艦隊の一部もレーダーに映ってません！」

スプルーアンスが駆け寄ると、ＰＰＩスコープには、明らかにレーダーには映らないシャドウ領域ができている。

「まさか……」

幽霊戦艦が現れたのかという言葉をスプルーアンス司令長官は辛うじて飲み込む。しかし、レーダーの反射波が戻らない球形の領域が誕生するというのは、いままでの証言とも一致する。

「艦隊針路、取り舵いっぱい！」

スプルーアンス司令長官は、艦隊全体に球形領域から離れるように命令する。だがそれは失敗だった。

レーダーから消えるということは、電波が吸収されるということで、無線通信の電波も吸収されてしまうからだ。

結果として、空母エセックスと他の部隊は分断されてしまう。そして空母エセックスのCICでは、レーダーがまったく機能しないという状況に直面する。

胸騒ぎと共に、スプルーアンス司令長官は、艦橋へと戻る。深夜にもかかわらず、周囲の海には灯りがある。自分達は雲のドームの中にいて、その雲が朧な光を放っているのだ。

そして、彼らの正面には、戦艦大和がいた。空母エセックスは反転しようとする。そんな空母に対して、戦艦大和は沈黙していた。それが動き出したのは、空母エセックスが大和に対して側面を曝した時だった。

三連砲塔三基九門の四六センチ砲が火を噴く。その砲弾のすべてが空母エセックスに命中した。

戦艦大和は三回の斉射を行い二七発の砲弾が空母に命中する。空母は炎上し、傾斜し、確実に沈みはじめた。

スプルーアンス司令長官はこの状況でも生きていた。

「この地獄を目に焼き付けろということか」

戦艦大和はこのことを自分に記録させようとしている。内火艇から沈みゆく空母を見ながら、そのことを確信した。だが戦闘はこれで終わったわけではなかった。

艦隊の中で、突然、旗艦と通信が途絶したことで、残り三隻の空母と護衛艦艇は混乱に陥った。

ともかく空母エセックスがレーダーから消え、肉眼でも確認できなくなったのだ。

そして二隻の空母だけが、「取り舵いっぱい」の命令を受け、残り一隻はそんな命令の存在さえ知らない。

正確には「取り舵いっぱい」の命令を受けた空母二隻も、その命令を傍受した時間には一〇分ほどの時間差があった。どうしてそんな時間差が生まれたのか？　それは幽霊戦艦のせいなのだろうが、当事者たちにはわからない。

三隻の空母群は輪形陣《りんけいじん》＊1ごとに前・中・後と集団を為して航行していたが、最初に取り舵いっぱいの命令を受けたのは、最後尾、それから一〇分して中央、そして先頭は受けていない。

結果的に三つの空母群は、別々の針路で前進し、他の空母との距離を急激に開く結果となった。

そして幽霊戦艦は、後、中、先頭の順番で、それらの空母をその主砲で沈めていった。護衛艦艇のレーダーから空母が消え、再び姿を現したとき、その姿は炎上する艨艟となっていた。

米海軍機動部隊は、こうして壊滅する。この混乱の中、誰一人として日本海軍水偵の存在に気がつかなかった。

＊1　海戦における艦隊陣形の一つで、防御を重視した陣形。

八章　戦艦大和 対 戦艦大和

「米機動部隊発見、空母四を中核とする機動部隊！」

軽巡洋艦矢矧の水偵の一機からの報告は、和田艦長のみならず、矢矧からの報告を受けた連合艦隊司令部をも驚愕させた。

米海軍がそれだけの戦力を投入してくるとは、山本五十六司令長官他の幹部たちも予想していなかった。

特に空母四隻のうちの一隻が、新型らしいことは重要な問題であった。米海軍が本格的に新戦力で攻勢にかかったとすれば、日本海軍では物量で太刀打ちできなくなる。

これで基地航空隊が健在なら対応策も考えられるが、ブイン・バラレの航空基地は破壊されたばかりである。それらの復旧も容易ではなく、その間も戦闘は続くのだ。

山本五十六司令長官はとりあえず、トラック島から戦艦大和と武蔵を出撃させた。米機動部隊を牽制《けんせい》する意図からだ。敵がこの二隻を視野に入れている間は、基地航空隊への圧力は減る。

通常なら時間がかかる作業だが、すでに山本長官はブイン・バラレが攻撃された時点で、この二戦艦へは出動準備を下命していた。これを出撃させねばならない状況が迫っているとの判断からだ。

一方、矢矧の水偵からの通信は途絶する。和田艦長にとっては、忸怩《じくじ》たる想いとは別に、「やはり」という冷めた部分もある。

夜間とはいえ、空母四隻の部隊に水偵では撃墜されたとしても、それは仕方がない。悲しいことだが、仕方がない。それが和田艦長の考えだった。

だから水偵が数時間後に戻った時には、和田艦長は喜びもし、感激もしたが、搭乗員の報告を耳にすると顔面蒼白となる。

「四隻の空母群は、旗艦らしい一隻が丸い雲のような領域に突入すると破壊されました。

敵空母群はそれから散開しますが、雲により各個に撃破され、護衛艦艇はともかく、空母は全滅です」

「幽霊戦艦が現れたのか……」

和田艦長はそこで、山本との会見を思い出す。

幽霊戦艦は日本の味方ではなく、勢力の不均衡を是正しようと働くだけ。

日本の基地航空隊が痛撃されたので、アメリカの空母を破壊。これで勢力の均衡は守られたが、日米の膠着状態は続き、多くの人命がすり潰される。

もしもイ号作戦が成功していたならば、幽霊戦艦が基地航空隊を破壊していただろう。和田はいまになって昭和二〇（一九四五）年四月の時に閉じ込められた戦艦大和の乗員達の気持ちがわかる。

彼らも最初はアメリカへの復讐と、国のためと信じて艦船を襲撃し、航空機を撃墜していた。

しかし、クトゥルフの目的はそんなところにはなかった。クトゥルフの目的は人間の殺戮《さつりく》にあり、彼らはそのための道具として使われている自分達に気がついた。

だがクトゥルフの呪いこそ、自分達の怨念が招いたものに他ならない。彼らはその呪縛を解くことを、運命の巡り合わせで大和に到達した和田に託したのだ。

和田艦長はこのことを山本五十六司令長官に伝えた。するとすぐに返信が届いた。すでに戦艦大和と武蔵が出動しているという。

さらに山本五十六司令長官は、軽巡洋艦矢矧と合流後に、戦艦大和と矢矧の二隻だけは本隊から分離し、別働隊を編制すると続けてきた。

さらに連合艦隊司令長官は一部の幕僚だけ連れて、旗艦を一時的に大和に移すという。

理由はいっさい記《しる》されていなかったが、和田艦長にはその理由がすぐにわかった。基地航空隊を米空母部隊が攻撃したことで、勢力の均衡が崩れた。

その空母部隊を幽霊戦艦が撃破したことで、均衡は戻った。そこに世界最大級の戦艦二隻が投入されれば、戦力均衡は再び崩れる。

その上に戦艦大和と和田の乗る軽巡洋艦矢矧が単独行動をとれば、各個撃破という観点はもとより、戦力の均衡を取り戻すため、何よりも大和との因縁により、幽霊戦艦は必ず現れるはずだ。

いまはまだ昭和二〇年四月ではない。それまでまだ一年以上ある。歪んだ歴史を修正するチャンスはまだあるのだ。

文面にはそんなことは一言も記されてはいなかったが、和田艦長には、それがわかった。あるいはそう解釈するように何かが働いていたのか？

　和田艦長は、山本五十六司令長官から渡された護符を握る。ペナン経由でドイツから運ばれてきたという星形の石だ。

　それが明らかに脈動している。何かが接近し、石に封じ込められている力が覚醒《かくせい》しようとしているようだ。

　そして石は和田艦長の掌《てのひら》から消えた。落としたり割ったりしたのではない。和田は石の感触をはっきりと感じている。

　それは和田の掌の中に溶け込んでいた。手の骨の一部となったかのように。

「自分には使命がある」

　和田艦長は、それを確信した。決戦が近づいていることも。

　砲術士とは艦内編制令では『砲術長の命《めい》を承《う》けその業務を補助する者にして乗組士官を以《も》って之に充《み》つ』と定められ、射撃幹部の一員という重責であった。

　小泉大尉はその砲術士の一人であったが、戦艦大和における砲術士の仕事は多忙を極めた。

　出動が急であり、打ち合わせるべきことも少なくない。さらに二〇〇〇人からの人間が乗艦しているこの世界最大の戦艦と言えども、無駄な人間は一人もいない。

　戦闘で斃《たお》れたら、誰かがその代わりになるという順番は定められていたが、それとて戦闘時の役務《えきむ》の優先順位の話であり、乗務編制と戦時編制では異なるという話である。

そう、この巨艦でさえ、軍艦である限りは無駄な空間もなければ無駄な人員も乗っていないのだ。

　そうした中で、小泉砲術士は忙しさの中で、何とも言えない衝動が身体の奥底から沸いてくるのがわかった。

「砲術士、どうしました？」

「弾薬庫を確認してくる」

　怪訝《けげん》な表情の射撃幹部附を後に残し、小泉砲術士は、弾薬庫へと向かう。

　そこには戦艦大和の秘密兵器があった。特殊砲弾と呼ばれているそれは、大和全体で一〇発しかない。九門の主砲に一〇発なのは、一発が試射のため、残り九発で斉射するという手順のためだ。

　本来は試射を行って照準を修正し、夾狭《きょうさ》弾＊１が出たら本射という段取りになる。それをこの特殊砲弾では、一回の試射で照準の修正を行い本射になる。

　この手順の省略は、特殊砲弾がまさに特殊な砲弾であるため、量産が効かないからである。僚艦武蔵にさえなく、海軍全体でも大和の一〇発だけだ。

　通常の戦艦大和――に限らないが――の徹甲弾はニッケル・クロム・モリブデン鋼を用い、複雑な熱処理などを行い製造する。

　しかし、この特殊砲弾は、タングステン・カーバイド鋼を用い、強炸薬《きょうさくやく》で撃ち出すことで、良好な弾道特性と激烈な貫通力を有していた。

　山本長官が「対幽霊戦艦用」に、自身の権限内

＊１　発射した複数の砲弾が、目標物の周りに着弾すること。

で密かに製造させていた切り札である。むろん「対幽霊戦艦用」であることは、ごく限られた人間しか知らない。

幽霊戦艦大和の砲弾では戦艦大和の装甲を貫通できない距離でも、この砲弾であれば、戦艦大和は幽霊戦艦を撃破することができる。

小泉砲術士は、本来なら特殊砲弾の存在など知る立場にはなかった。彼が赴任してきたときには、すでに大和には特殊砲弾は積まれていた。またこれを使用するときには、砲術長が直々に各部に指示を出す手筈《てはず》であった。

にもかかわらず、小泉砲術士にはその特殊砲弾の存在が何かわかっていた。

小泉砲術士は、砲塔内の弾薬庫を通り過ぎ、さらに下の火薬庫に向かう。

戦艦大和では砲弾一発を放つのに三六〇キロの装薬が必要とされた。ただし、日本海軍は火薬運搬には動力の使用が禁止されていた。

これがため装薬はさらに六等分し、六〇キロ単位で運搬することになっていた。ほぼ人力運搬の限界に近い。戦艦大和の砲弾発射速度が短縮できないのも、この部分が機械化されていないためだった。

当初は六等分ではなく八等分する案もあったが、それでは装填作業の時間が長くなることから、人力の限界である六等分に落ち着いた。

火薬庫はこうして機械化されず装薬が分散される形であるため、火災が起きても隣接した火薬庫棚は引火しないように設計されていた。被弾時については砲塔部は装甲化されており、それで凌げると考えられていた。

装甲と言えども完璧でも万能でもないが、そこはどうしても割り切りが必要だ。軍艦とはそういうものだ。

内部の火災については、主に失火について対策が施され、火災が拡大しないように設計されていた。

しかし、それもある程度の割り切った設計であった。つまり、失火でなければ誘爆も起こりえるということだった。

火薬庫は二段に分かれていたが、それぞれに火を放てば延焼も同じことだ。そして延焼を食い止めるための小区画は、同時多発の火災では、消火活動を妨げることになる。

「ライター……」

小泉砲術士は煙草は吸わない。だから煙草はもちろん、マッチもライターも持っていない。

しかし、小泉砲術士のポケットの中にはアメリカ製のマッチが入っていた。それは紙箱も粗末な古めかしいマッチだった。どう見ても一九二〇年代頃のデザインだ。

しかし、なかのマッチの黄燐《おうりん》は少しの摩擦《まさつ》で発火する準備が整っているかのようだ。

それはあり得ないはずだった。小泉が喫煙をするかどうかに関わりなく、砲塔で働くものはマッチやライターの類は御法度《ごはっと》なのだ。

だが小泉砲術士は身に覚えのないマッチを握っている。そして彼はポケットからマッチを取り出す。

その仕草があまりにも自然なために、周囲の人間も彼がしようとしていることに気がつかない。

　彼はマッチを取りだし、指でマッチ棒をつまむ。これを擦って、火を付け、次々と装薬の中に投げ込む。

　その考えは小泉砲術士のものなのか、それとも別の何者かの意思なのか、それが小泉砲術士にもわからない。そもそも、わからないと考えているのは誰なのか？

「馬鹿者、止めろ！」

　声がする。それがマッチを擦るのを止めろと言っているのは小泉砲術士にもよくわかる。

　わかるが、手は小泉の意識とは別に動いている。そして外の声もだんだん音にしか聞こえない。この宇宙は、もう自分の意識のなかにしかない。

　だから大きな音がしたときも何もわからなかったし、自分が意思とは関係なく倒れたときも何もわからない。そして小泉砲術士はそのまま意識を喪失した。

「火薬庫で発砲する馬鹿がおるか！」

　そう怒鳴る下士官を、山本五十六司令長官が手で制する。拳銃を持っていたのは砲術科の将校だが、下士官の剣幕に思わず頭を下げる。

「非常事態なのだ、そう怒るな」

「はっ、はい！」

　下士官は敬礼し、拳銃で小泉砲術士を射殺した将校もそれにならって敬礼する。

「駄目です」

　木下参謀が小泉砲術士の首筋に手を当てる。

だが砲術士は事切れていた。

「小泉大尉は死んでしまったか……」

「長官、これは？」

「歴史は変えられるのかもしれぬ」

山本五十六司令長官は、そう解釈した。和田大佐の話が事実であれば、小泉砲術士は昭和二〇年四月まで生きていなければならない。

そもそも彼はいま大尉で砲術士であったが、昭和――それどころか、いまここで火薬庫の砲火により大和が轟沈したとしたら、昭和二〇年四月に呪われる大和はどこから現れたのか？

それは明らかな矛盾である。

「クトゥルフは、呪いにより人を時間の中に閉じ込めることはできるが、しかし、時間の流れを完全には決められないのだろう。全能の神ではないのだ。

だが、小泉のことではっきりした」

「何がですか、長官？」

「クトゥルフが小泉砲術士をあえて選んだのは、おそらく唯一の生還者である和田と言葉を交わした人間だからだろう。それにより和田だけでなく、小泉にもこの世との縁ができた。

その縁により、我々は幽霊戦艦を成仏させるための闘いに赴ける。だが同時にその縁により、現世の小泉砲術士がクトゥルフに操られた。

こんなマッチを持つ事ができたのも、縁故《ゆえ》だろう」

山本五十六司令長官は、小泉が握っているマッチ箱を拾う。

「一九二八年、インスマウスの町で使われていたマッチ箱だ。忌まわしい記録の残渣《ざんさ》だ。しかし、時間を異動できるクトゥルフならばその残渣を拾い集められる。

そうまでして、なぜクトゥルフは大和を沈めようとした？　それは大和が幽霊戦艦を撃沈できるということだ。

クトゥルフが時間から自由なら、未来のこともわかるのだろう。我々は闘い、勝利する。

しかし、その未来は固定されたものではない。動かせない歴史ならクトゥルフとて何もするまい。動かせるからこそ、小泉を操ったのだ。

何かをする、つまり未来を変えようとするということは、未来は変わる、変えられる。

つまり特殊砲弾はクトゥルフの呪いを打ち砕けるのだ」

「そうなると決戦の時は近いと」

「おそらく今夜が天王山《てんのうざん》だ」

「本艦が貴艦を先導する」

軽巡洋艦矢矧は合流した戦艦大和に対して、そう信号を送る。打ち合わせたわけではないが、両艦ともそれが当然と思われた。

そして二艦は電探を作動させた。幽霊戦艦はまず電探に反応がある。正確には電探の反応が異常になることで、存在がわかる。

和田は山本五十六司令長官から、クトゥルフの破壊工作を阻止したという信号を受ける。光信号機でのやり取りなので、破壊工作の具体的な内容まではわからない。

ただ破壊工作を阻止したという報告に続き、歴史は変えられることを確認した、との謎の通信も届いた。

　破壊工作の結果として、歴史は変えられることが明らかになったのだろう。どんな破壊工作かは不明だが、山本長官がそんなことまで言ってくるのだから、かなり複雑な事例なのだろう。

「艦長、水偵を飛ばしますか？」

　飛行長の問いに、和田は必要ないと答える。水偵など飛ばさなくとも、敵はすぐに現れる。それには和田も確信があった。

「ですが、敵は飛行機が弱点なのでは？」

「飛行機が弱点⁉」

　その発想はなかった。実を言えば、山本五十六司令長官が旗艦としている大和は知らないが、軽巡洋艦矢矧の艦内は大作戦を前にいささか微妙な空気ではあった。

　軽巡洋艦と言えども五〇〇人以上の乗員がいる。その全員が幽霊戦艦大和のことを信じているわけでもなく、ましてクトゥルフのことなど耳にしたこともないのが大半だ。

　正直、和田大佐にしたところで、幽霊戦艦大和については自己の体験がなければ信じなかっただろう。クトゥルフについても、山本五十六司令長官からの説明がなければ、信じなかったはずだ。じっさいその説明以上の知識はいまもない。

　日本にいるなら調べようもあろうが、前線ではそんな調査は行えない。

　それでも和田艦長がこの作戦に参加するのは、一言でいうならば本能が命じているためだ。本能というのも自分の気持ちとは一致しないのだが、他に適当な言葉が思い浮かばない。

　ただそれで和田艦長が納得しても、部下は違う。じっさい連合艦隊司令部でも、山本五十六司令長官の考えを理解している人間は少ないだろう。

　だから和田艦長も死地に部下を連れて行かねばならないものの、理由はごく一部の信頼できる幹部にしか説明していない。

　矢矧の乗員のほとんどが、自分達はアメリカと闘うために特殊任務に就いていると思っている。その点には後ろめたさがないではない。

　ただ、自分達の目的は最終的には日本のためであり、私利私欲のためではない。そこに和田は命令の根拠を見いだしていた。

　そうした和田艦長にしてみれば、飛行長がこうした提案をしてきたことは、驚きであり喜びであった。

「水偵に何が出来るだろう？」

「水偵は水偵に過ぎませんが、二五番の爆弾で攻撃可能です。大和は艦砲では敵味方なく攻撃を仕掛けて来ましたが、友軍機を攻撃したという報告はありません。

　彼らの怨念が敵機に対してより強いなら、逆に友軍機には攻撃を仕掛けてこないのではないでしょうか？」

「賭けだな」

「賭けですが、やってみる価値はあるかと」

「そうだな、やってみよう」

　和田艦長は、自分の中の護符が、それを求めていることを感じていた。

「一号機から八号機まで、電探に反応がありま
す」

軽巡洋艦矢矧の電探は航海科の職掌だった。このため水偵の追跡は、航海科が行った。電探はまだ射撃に用いられるほど技術的に成熟していなかった。

和田艦長は航海長が図上に引く水偵の軌跡をみる。水偵は矢矧の進行方向を角度をつけて八方向に飛んでいる。この中の何機かの水偵の通信が切れたなら、幽霊戦艦はその方角にいることになる。

一機か、二機か、三機か？　それによっても幽霊戦艦の支配する空間の大きさや相手との距離もある程度は割り出せよう。

そんな和田艦長の思惑がわかっていたかのように、二機の水偵からの通信が途絶える。

「推定で、直径一〇キロの領域が、前方三〇キロの地点に存在すると思われます」

「真正面なら、敵は我々の三五キロ前方か」

そう言葉に出した途端に、見張員が光るドームが前方に現れたと報告してきた。

確かにそこにはいままで存在しなかった、光る雲の塊がある。あの中に幽霊戦艦がいる。

ただじっさいはそれがどれほどの大きさで、どれほどの距離にいるのかは、和田艦長にもわからない。遠くにあるようにも近くにあるようにも見えるし、直径も一〇キロよりも大きく見えたり、小さく見えたりした。じっさい電探の反応も安定しない。

それは摩訶《まか》不思議なことではあったが、いま

この状況では怪異こそが当然のようにも思われた。

「全速前進！」

それと同時に水偵の幾つかから、光るドームが観測できたという報告が届く。

それらの証言をあわせると、ドームの直径は一〇〇キロ近くあるらしい。それが本当なら、ドームは突如として現れたことになる。それもまた和田艦長に納得できる話だ。

驚くべきことに後続の戦艦大和はドームの存在にまったく気がついていないことだった。大和と矢矧の距離はわずか二キロ。それでも大和にはドームは見えていなかった。

だがさらに驚くべきは、複数の水偵が外から確認した直径一〇〇キロ近いというドームの報告をすると、大和の側でもその大きさのドームが確認された。

「どうやらあのドームは、時間を移動できるだけでなく、主観と客観の間も自由に行き来できたようだ」

「どういうことですか、艦長？」

「航海長、最初はあの雲のドームの大きさも距離も、水偵の電波が切れたところから推測で割り出したものだ。電探の反応にしても安定しなかった。

それでもドームの存在を知った途端に、それは肉眼の前に現れた。しかし、その距離も大きさも見る人間の心の持ちようで、バラバラだった」

「しかし、水偵は違っていた？」

「空から複数の視点で発見する。おそらくそうした部分がドームの大きさや距離に関する曖昧さをなくしてしまう。

言い換えれば、艦艇では主観的にしか見えないドームの状況は、空からの視点でのみ客観視できるのだ」

「空が奴らの弱点ということでしょうか？」

「あぁ、無関係ではあるまい」

幽霊戦艦の強みとは、じつはその砲火力よりも、存在の曖昧さにあったのではないか？　どこにいるのか、それどころか何時いるのかさえもわからない相手に砲弾も銃弾も届かないだろう。

だがこうしていま、敵の位置ははっきりした。さらに時間も定まった。場所と時間が定まったならば、敵も攻撃されれば被害を受けよう。

しかし、水偵は雲のドームにどうしても突入する事ができない。それは結界が阻んでいるためだ。クトゥルフ側は、状況の不利を察してか、結界を強くしたらしい。

だがそれは幽霊戦艦をこの場所と時間により強く固定することでもあった。結界を水偵が破れないという事実、正確には、そう観測されるという事実が、クトゥルフたちの時空の移動を妨げる。

そしてこの現実世界という時空に固定化された結界を破ったとき、幽霊戦艦は現世に実体化するのだ。

それは和田艦長の脳裏に浮かんだ思考である。海軍軍人とは異質な思考ではあるが、彼には納得できた。

そしてクトゥルフがことさら幽霊戦艦が現世に実体化することを拒んだのは――和田艦長は、なぜか小泉砲術士が死んでいることがわかった。その時の情景が見えたからだ――そうなったときが、幽霊戦艦が〝曖昧さ〟という武器を失うときだからだ。

では、どうやって幽霊戦艦と化した大和の結界を破るのか。和田艦長は知っている、その方法と、どうして自分達の軽巡洋艦矢矧がここにいるのかを。

「最大戦速！」

和田艦長は命じた。彼は自ら舵輪を握る。山本五十六司令長官からもらった護符は、いま彼の手の中に融合している。

その融合した左手が、舵輪を握るその手が、いままさに熱い。だがその熱さこそ、自分が正しいことを証明しているのだ。

「陸戦隊、合戦準備！」

和田艦長は再び命じる。砲術長や砲術士が、すぐに主砲を操作する最低限度の人間を残し、他の分隊で手の空いた人間を集め、陸戦隊を編成させた。

陸戦隊には、山本五十六司令長官の手配により、三八式歩兵銃や軽機関銃の他に、落下傘部隊の装備でもある一〇〇式機関短銃が装備されていた。

それらを装備した陸戦隊はすぐに上甲板の然るべき部署に就く。和田艦長が、その命令を下したのは、いまは結界となったドームと自分達

の前に、半漁人としか形容のしようのない、異形の集団が海面で待ち構えていたためだ。

　時速六〇キロ以上の高速で突っ込んでくる軍艦に対して、異形のものたちは為す術がないはずだった。

　じっさい多くの異形のものが、艦首に衝突し、艦首波ごと噴き飛ばされる。

　しかし、異形のものたちの数も尋常ではなかった。艦首波でなぎ倒された者たちを踏みつけるように、異形のものたちは艦首に一体、二体としがみつき、塊となり、山となり、ついに海面から甲板までの通路を作り上げる。

　異形のものの塊が、軽巡洋艦矢矧の艦首に生きている塔となり、一度に数十体が躍りかかる。

　しかし、それらは待ち構えていた軽機関銃になぎ倒された。だが異形のものたちの数も多い。同胞の遺体を踏みつけて、半漁人の群れは艦首から、羅針艦橋へと迫ろうとする。

　陸戦隊は、この異形のものの集団を前にいったん後退した。半漁人たちは、一気に前進を試みる。だが果たせない。

　艦首の一番砲塔と二番砲塔が、強炸薬の空包を斉射する。六門の一五センチ砲の強炸薬による咆哮《ほうこう》は、艦首部に途轍《とてつ》もない衝撃波をうみ、異形のものたちを一掃し、艦首部の異形の塔をも噴き飛ばす。

　異形のものたちは、艦首ではなく、舷側からの乗艦も試みるが、それらも機関短銃の猛射により、阻止された。

　しかし、軽巡洋艦の速力は着実に低下している。海面は軽巡洋艦を取り囲むように異形のものので埋まっていた。

一度は崩した異形のものの塔は、再び艦首部にできあがると同時に、それは艦首全体を取り囲もうとしているかのようだった。

陸戦隊員は、軽機関銃や機関短銃、さらには三八式歩兵銃を乱射し、異形のものの上陸を阻止し、さらに主砲を旋回させ、舷側の異形のものの塔を崩す。

そして五五度の最大仰角で、弱装薬の砲弾を撃ち出す。それらは深い放物線を描き、大落角で海面に弾着し、そこに集まっている異形のものたちを噴き飛ばした。

同様の戦闘は、後続の戦艦大和でも起ころうとしていた。しかし、艦舷の違いから、異形のものたちは乗艦には成功していなかった。そのため異形のものたちは、矢矧だけに集中する。

こうして軽巡洋艦矢萩は前進を続けていた。そしてついに軽巡洋艦矢萩は幽霊戦艦の結界に突入する。

巨大な質量を持った巡洋艦は、艦首に夥しい異形のものたちを張りつけたまま、結界に衝突した。

悲鳴とも怒声ともつかない、異形のものたちの叫び声が木霊《こだま》する中、軽巡洋艦矢矧も結界と衝突した衝撃を受け、そして突破する。

矢矧が突破した瞬間、ドーム状の雲は嘘のように雲散霧消する。

鏡のようだった海面は、雲の消失と同時に再び波立った。もはや幽霊戦艦には隠れるべき異界はなく、それは現世に結びつけられたのだ。

そして軽巡洋艦矢矧は夜の戦場に星弾を打ち上げる。

あれほどの数がいた異形のものたちの姿も消えた。そこには海と軍艦の姿しかない。

「前方に戦艦！」

見張員の報告は、そこで止まる。

「大和型戦艦と思われる！」とは報告できないではないか。しかし、戦艦大和の見張員達に、それを見間違えるはずもない。真正面から接近するのは戦艦大和に他ならない。

最初に動いたのは、矢矧搭載の八機の水偵だった。それらは戦艦大和に向かって爆撃の姿勢を示す。

幽霊戦艦大和の側も激しく対空火器を放った。


しかし、かつてのような超自然的な命中率はそこにはない。

一機の水偵が対空火器に撃墜された。山本五十六司令長官は、戦闘回避の最後の可能性が失せたことを理解した。

呪われたとは言え、あれは戦艦大和。ならば自分達には、過去の自分達に発砲することはないのではないか。

そんな期待は、水偵と共に砕け散った。ここから始まるのは戦争では無い。生存のための根源的な闘いだ。

水偵の爆撃は限定的ではあったが、それでも三発の爆弾が命中した。二五〇キロ爆弾三発で沈むような戦艦大和ではない。しかし、それは人間が、あの幽霊戦艦と闘える存在であることを示していた。

そして、軽巡洋艦矢矧が、果敢にも幽霊戦艦大和に対して一五センチ砲で砲撃を開始した。

大和の舷側に砲弾が命中する。照準は甘いのかも知れないが、近距離からのほぼ平射に近い砲撃であり、このため命中確率は大きい。砲弾が通過する時に船体のどこかに命中する確率が高くなるからだ。じじつ、五発の砲弾が、大和の舷側に命中する。

しかし、一五センチ砲弾は、その装甲に弾かれ、傷つける事もできない。

そして幽霊戦艦は、主砲塔は動かさずに、副砲塔を軽巡矢矧に向けた。三基の副砲塔が、軽巡洋艦矢矧を向く。

それらの砲塔は、一斉に砲撃を開始するが、和田艦長は護符に促されるままの操舵により、それらの砲弾を紙一重でかわした。

一方、彼は砲術長に艦首の副砲を狙うように命じた。戦艦大和の副砲は、改修は為されていても、基本的に軽巡洋艦のそれと同様だ。

そして軽巡の砲塔は重巡ほども装甲は施されてはいない。実質的に装甲防御は無いに等しい。それは矢矧も同様だが、大和にとってはここが弱点となる。

というより、軽巡洋艦矢矧が戦艦大和に一矢報いることができるとしたら、副砲を狙うしかない。

それとて、理論的に弱点になり得るという話であり、そこに砲弾を撃ち込めば大和が沈むという類のものでもない。

世界最大の軍艦といえども、守るべき箇所とそうでない箇所の割り切りは必要であり、行われているのだ。日本に限らず、軍艦の設計とはそう言うものだ。

和田艦長は一度は幽霊戦艦から離れる素振りを見せながら、距離を稼ぎ、最大仰角で砲撃する。

だが斉射と同時に、ついに命中弾が出た。

「水偵格納庫被弾！」

「すぐに消火活動に当たれ！」

砲弾は水偵の格納庫に命中したが、水偵はすべて出払っているため、被害らしい被害はない。可燃物である爆弾でさえ、八機すべてが爆装して出撃しているため、残っていない。

だから消火活動は迅速に進んだ。鎮火《ちんか》の目処《めど》が立ったことは、すぐに報告される。

和田艦長は、自分達の時間と、幽霊戦艦大和が捕らわれている時間は異なるものだと確信した。

彼らが狙った場所は、かつては水雷兵装が置かれていた場所だ。そこに被弾すれば、酸素魚雷が誘爆し、軽巡洋艦矢矧は轟沈しただろう。

だがすでに水雷兵装はなく、そこの空いた空間は水偵を運用する格納庫とされている。幽霊戦艦大和の世界では、軽巡洋艦矢矧は航空巡洋艦としての改造を施されてはおらず、だから彼らは水雷兵装を狙ったのだろう。

すでに二つの戦艦大和で歴史は違っている。つまり歴史は変えられるということではないか？

そして軽巡洋艦矢矧の砲弾も幽霊戦艦に命中した。何発かは外れたが、二発が艦主副砲の天蓋を突き破り、爆発する。

さすがにそこから装甲の開口部を砲弾が突き抜けて爆発するようなことはなかった。

だが副砲は火災を起こし、それは主砲の働きを阻害するだろう。和田艦長は、そうして次に舷側側の副砲に照準を定めさせた。副砲が弱点とわかったとき、幽霊戦艦も矢矧の攻撃を無視できまい。

山本五十六司令長官が艦長に攻撃命令を出し、大野艦長がそれを実行するまでには、しばらくの間があった。しかし、山本五十六司令長官はそれに対して容喙《ようかい》はしなかった。

戦艦大和の運用は艦長の仕事であり、連合艦隊司令長官である自分が直接手を下すものではないからだ。自分の役割は、部下の行動に対して、責任をとることにある。

それに大野艦長は、自分の荒唐《こうとう》無稽《むけい》ともとられかねないクトゥルフの話を信じてくれた。英国私費留学のときに、イギリス海軍で、そうした話を耳にしたのだという。

ドイツが自分達より優勢なイギリス海軍に立ち向かうためにクトゥルフの力を借りようとし、そのために多数の潜水艦部隊を建設したというのである。

ドイツの目論見《もくろみ》は失敗したが、イギリスはこれがために、列強各国海軍の潜水艦保有に強く反対した経緯があった。

これを大野は極秘の報告書として海軍に提出

したが、内容が荒唐無稽のため、著名は養子になる前の伊集院姓で書いていた。山本は当然この報告書には目を通していたが、よもやそれを書いたのが大野艦長その人とは思わなかった。

「これは運命だ」

山本五十六司令長官は、それを確信し、大野艦長にすべてを委ねたのだ。

大野艦長が攻撃を仕掛けたのは、軽巡洋艦矢矧が副砲に命中弾を出してからだった。

「なぜクトゥルフ戦艦は撃ってこないのだ?」

「軽巡洋艦矢矧を先に葬ろうと考えているためでしょう。和田艦長の話では、昭和二〇年四月の段階で、戦艦大和と言えども人材は枯渇していたようです。

ならば軍艦二隻を同時に相手にするような器用な真似はもはやできない。クトゥルフ戦艦が撃ってこないのは、そのためです」

「戦争を長引かせても、いいことは何もないな」

幽霊戦艦の副砲に矢矧の砲弾が命中し、火災が起きたタイミングで、大野艦長は、通常弾の斉射を命じた。

それは通常の砲撃手順からは逸脱していたが、それが試射の意味だった。

砲弾九発は、錨頭は概ね正しかったが、やや遠弾であった。

「ちょい下げ四〇〇!」

砲術長の合図で照準が調整される。そこではじめて幽霊戦艦も砲撃を開始した。

それもまた錨頭は正しいが、こちらは近弾であった。おそらく彼らもまた、射撃照準の修正を行っているのだろう。

　呪いから解放されたいと考えていても砲撃を続けてしまうのが、まさに彼らにかけられた呪いだ。

　そして山本五十六司令長官は自艦に激しい衝撃を感じた。

「艦尾に命中弾！」

　命中弾を出したのは、幽霊戦艦が先だった。

「砲弾不発！　損害はあるも、戦闘継続は可能！」

　砲弾の不発。それが呪いから解放されたいという乗員達の願望の表れか。山本はそう思った。

「特殊砲弾装填！　最大戦速！」

　大野艦長は命じた。三基の砲塔内では、特殊砲弾が装填される。そして戦艦大和は一気に幽霊戦艦との間合いを詰める。

　それは見事な作戦と言えた。幽霊戦艦は第二波を放ったが、すでに標的となる戦艦大和の姿はなく、砲弾は大きく逸れる。さらに移動しているために、諸元の計算を最初からやり直すこととなった。

　その間に一番砲塔から、一門だけ特殊砲弾が放たれる。すでに互いの距離は二〇キロに迫ろうとしていた。

　砲弾は、艦首部に命中し、その装甲を貫通した。副砲からの火災が、迅速な照準を可能としたのだ。

　特殊砲弾の威力に恐れをなしたのか、幽霊戦艦は離脱をはかる。それは乗員の意思ではなく、それを操るクトゥルフの意思だろう。しかし、

＊1　艦載砲が目標を射撃する為に必要なデータのこと。方向、目標、左右苗頭、照尺距離など。

クトゥルフはここで大きな過ちを犯した。

　回避行動のために、戦艦大和に大きく側面を曝したのである。

「特殊砲弾斉射！」

　三基九門の四六センチ砲より放たれた特殊砲弾は、距離一八キロから幽霊戦艦の舷側に叩き込まれる。

　近距離で側面で、命中界が大きいために、特殊砲弾は九発すべてが命中し、幽霊戦艦大和の装甲を貫通した。

　九発の砲弾が炸裂したとき、戦艦から暗黒が抜けた。暗黒が抜けたとしか表現できなかった。深夜の海で、闇夜の中から、闇より黒い何者かが、戦艦大和から抜けていった。

　すべての大和乗員にそれが見えたわけではなく、またわかった乗員は艦内でもそれを感じたという。

　幽霊戦艦から闇が抜け、そして戦艦大和は大音響と共にまばゆい光に包まれ、そして消えた。

「朝ですな」

　深夜にもかかわらず、大野艦長は山本五十六司令長官にそう告げる。

「朝だな」

　闇の海である。しかし、そこには夜明けのような、闇が消える爽快さがあった。


　山本五十六司令長官は、その後、職を退き海相となり、中央にて政財界を巻き込み、大本営内で宮廷クーデターを成功させる。この「山本の乱」より半年後、アメリカ国務次官ジョセフ・グルーらの一派とスイスでの予備交渉の末に、アメリカは日本の早期降伏と引き替えに、無条件降伏という方針を撤回する。

昭和一九（一九四四）年八月、日本は連合国との単独講和が成立する。この日本の単独講和とその前の連合軍によるノルマンディ上陸により、ヒトラー政権は崩壊し、クーデターを起こしたドイツ国防軍臨時政府により、ドイツ軍占領地は英米軍を中心とした連合国軍に武装解除されることになる。

ドイツ軍は西部戦線の兵力を東部戦線に投入し、赤軍をポーランドの国境線の外に押し返し、これにより、地中海からポーランドなどの東欧圏は英米軍などの占領下で民政移行が行われることとなった。

戦艦大和と武蔵は、停戦後に復員船として、南方の占領地からの兵員輸送任務に従事し、後に戦後賠償として様々な思惑のなかで、中華民国に提供される。

そして中国大陸が共産軍の支配下に置かれ、中華民国政府が台湾に脱出する時に、戦艦大和と武蔵はそのまま台湾に移動し、中華民国海軍の戦艦として、本土からの侵攻に備えることになる。

その後、日中国交正常化により、東アジア情勢の友好的空気と、戦艦そのものの老朽化から、戦艦大和と武蔵は日本に返還され、武蔵は長崎で記念館となる。

戦艦大和は石油ショックの影響による艦艇不

足、なかんづくミサイル護衛艦の調達計画の遅れの中で、海上自衛隊の試験艦やまと（AGE六一〇〇）として、タータ・ミサイルシステムを搭載した初の艦艇となる。

　その後、呉で記念館となるまで、イージスシステムの実験、ドローン母艦の実験などに用いられることになる。

　一方で、終戦後すぐに、沖縄地方では不思議な伝説が流れていた。

「いや、春先にな、そう、四月頃だ、海中がすごく鮮明になる時があるんだ。するとな、海底に軍艦が見えるんだよ。並の軍艦じゃない、三つに切断されているんだけどな、あれ、全部、あわせたら大和くらいの大きさになるんじゃないか。そんな戦艦沈んでるわけがないのにな。何なんだろうな、あれは？」

『超訳ラヴクラフトライト』1〜3
全国書店にて絶賛発売中！
超訳
ラヴクラフトライト
Super Liberal Interpretation
Lovecraft Light
創土社

戦艦大和VS邪神戦艦大和

2018年5月1日　第1刷

著　者

林 譲治

発行人

酒井 武史

カバーおよび本文中のイラスト　高荷 義之
帯デザイン　山田 剛毅

発行所　株式会社　創土社
〒165-0031　東京都中野区上鷺宮5-18-3
電話 03-3970-2669　FAX 03-3825-8714
http://www.soudosha.jp

印刷　株式会社シナノ

ISBN978-4-7988-3046-9　C0293
定価はカバーに印刷してあります。

The Cthulhu《クトゥルー》 Mythos《ミュトス》 Comic《コミック》
『妖神グルメ』1巻　漫画 黒瀬 仁　原作 菊地 秀行
『クトゥルーを喚ぶ声』（原題「夢の帝国にて」）
漫画 木内結子　原作 田中啓文
◆『童提灯』1巻　漫画 おおぐろてん　原作 黒 史郎
全国書店で絶賛発売中！